CHARLES MONDOLLOT

Rêveries
d'un soldat

Deuxième édition

PARIS
NOUVELLE LIBRAIRIE PARISIENNE
ALBERT SAVINE, ÉDITEUR
12, *Rue des Pyramides*, 12

RÊVERIES

D'UN SOLDAT

SAINT-DENIS

IMPRIMERIE H. BOUILLANT

20, RUE DE PARIS, 20

CHARLES MONDOLLOT

RÊVERIES
D'UN SOLDAT

PARIS

NOUVELLE LIBRAIRIE PARISIENNE
ALBERT SAVINE, ÉDITEUR
12, Rue des Pyramides, 12

1893

A

PAUL DÉROULÈDE

PRÉFACE

Rêveries d'un Soldat est une œuvre essentiel-
lement française. Ce sont des pensées et des
réflexions, écrites au jour le jour, sur les événements d'alors, pendant les loisirs laissés à un
jeune soldat par la vie de régiment.

A chaque page, à chaque ligne, éclate l'amour
de la Patrie, qui apparaît vivace, solide et im-
muable, comme le roc que l'océan furieux
assaille.

Parfois, des écœurements, des tristesses se
font jour, mais l'écrivain patriote se reprend,
pour jeter à tous son invincible Espoir.

Cet ouvrage, aux mots sonores et pleins, qui
parle surtout du sol natal, sera le bienvenu au
milieu de cette jeunesse du noble pays de France,
qui se soutient d'espoir et rêve de l'avenir.

Que veut-il, que souhaite-t-il, ce chauvin, en

ces lignes enfiévrées ? La réalisation du rêve français : la Patrie forte au dedans et au dehors, la Patrie fière de ses fils, heureuse de la Victoire qui doit lui mettre au front son auréole d'antan ; la Patrie consolée, aux flancs cicatrisés, qui n'ait plus à pleurer sur ses Filles aimées, encore aux mains de l'Envahisseur !

Il veut que l'on dise bien haut, au grand soleil, au jour des éclairs de l'acier et des enivrants parfums de poudre, à l'heure des lauriers conquis et des Filles chéries rendues, ce que le Grand Patriote voulait qu'on n'oubliât jamais.

Parfois, en lisant ces *Rêveries*, on sent un frisson qui parcourt l'être, du cheveu au talon ; on pense à la Patrie qui saigne toujours depuis vingt-trois ans ; une immense pitié inonde l'âme et l'on songe à la Revanche, à la France grande, au Pays vainqueur !

Rêveries d'un Soldat est une œuvre saine et utile, qui fait aimer la France et aide à y songer toujours.

Le style de cet ouvrage est sobre, celui d'un convaincu, d'un patriote qui attend le grand jour qui nous relèvera à nos yeux et à ceux de l'Étranger.

A. JALABER.

RÊVERIES D'UN SOLDAT

Nantes, le 21 juillet 1891.

La France est l'éternelle dupe.

Elle est toujours le jouet d'une illusion. Les trahisons de ces dernières années n'ont pu lui arracher du cœur la confiance en l'Italie.

Tout les partis ont passé dans ce pays. Aux conservateurs ont succédé les radicaux. Après Robilant, Depretis et Mancini, est venu Crispi, Crispi le révolutionnaire, le Garibaldien. Tous ont mis leur pays au service de l'oppresseur d'hier, de l'oppresseur de demain.

La Triple-Alliance a continué, toujours plus forte et plus vivace.

La France a continué à parler de nation-sœur, à évoquer Magenta et Solférino ; l'Italie à préparer notre ruine.

A Crispi, a succédé di Rudini. En présence d'une crise financière intense, celui-ci a senti le besoin de l'appui financier de la France. Il a fait quelques pla-

1.

toniques avances. Aujourd'hui, il est question de conclure un traité de commerce franco-italien. C'est un défi au bon sens de la France, qui ne peut oublier que di Rudini vient de renouveler la Triple-Alliance avec une précipitation que Crispi lui-même a blâmée. Sans doute, di Rudini est moins cassant que son prédécesseur ; mais ses intentions sont aussi hostiles. En cela, il ne fait, du reste, que suivre l'exemple de l'Allemagne, où le général de Caprivi est certes moins provoquant que Bismarck. Un an ou deux plus tôt, di Rudini aurait avantageusement figuré dans la collection des ministres-reptiles qui occupaient ou occupent encore le pouvoir dans les pays de la Triplice, et de ses satellites, Crispi en Italie, Tisza en Hongrie, Stambouloff en Bulgarie, Garachanine en Serbie, Bratiano en Roumanie. Di Rudini aurait été alors l'un des plus plats de tous ces sous-Bismarck, adorateurs de la force, qui mettaient leur pays au service d'un empire oppresseur, menaçant l'existence de la France, qui avait présidé à la naissance de la plupart de ces nations ingrates.

Aujourd'hui, di Rudini est forcé par les circonstances d'avoir avec la France des rapports convenables. Simple question d'apparence. Di Rudini, c'est toujours Crispi ; mais un Crispi moins violent, moins provocateur, c'est-à-dire plus trompeur et, par conséquent, plus dangereux. Di Rudini, c'est un Crispi honteux.

* * *

La grève des ouvriers de chemins de fer a échoué. Ce n'est qu'une halte dans la marche irrésistible.

La ploutocratie, sortie des entrailles du peuple, a essayé de reconstituer l'aristocratie à son profit. La Révolution de 1848 l'a politiquement brisée.

La loi Olivier, sur les coalitions, et celle de 1884, sur les syndicats ouvriers, achèveront l'œuvre au point de vue social. Elle sera rejetée dans le rang.

* * *

Il paraît que les Bulgares renoncent à proclamer leur indépendance. Une lueur de bon sens les a éclairés. Indépendant, le pays qui a renié la glorieuse nation qui l'a fait libre, au prix du plus pur de son sang; indépendant, le pays qui marche à la remorque de ceux qui forgent des chaînes à ses frères slaves, et trament des complots contre son libérateur; indépendant, le pays qui n'est qu'un jouet entre les mains des deux empires germaniques, qui n'osent même pas avouer leur solidarité avec un gouvernement aussi vil; indépendant, le pays qui est l'agent

provocateur de la Triple-Alliance, ce serait du bur-
lesque tragique.

La Bulgarie de Stambouloff n'est que le mouchard
de la Triplice.

La Bulgarie libre, ce sera la Bulgarie de Zankoff,
la Bulgarie russe, la Bulgarie slave.

Nantes, le 22 juillet 1891.

Les journaux opportunistes sont en train de donner le coup de pied de l'âne à la grève des chemins
de fer. Ce qu'il y a d'intéressant à noter, c'est le
langage antidémocratique de quelques-unes de ces
feuilles.

Le Petit Phare d'hier contenait les lignes sui-
vantes : « Elle (la grève) n'entraîne que des hommes
à responsabilité limitée », et, plus loin, « les ouvriers
des ateliers n'ont pas de responsabilité ». La responsabilité limitée est, croyons-nous, du domaine de la
maladie et de la folie. Quant à la seconde phrase,
c'est une pure phrase d'aristocrate.

Quoi qu'il en soit, cela dépeint bien l'état d'esprit
des opportunistes actuels

Sorti de la démocratie, l'ancien parti de Gambetta
s'en éloigne chaque jour davantage.

Les opportunistes croient ou feignent de croire

qu'ils servent de modérateurs dans le mouvement républicain et démocratique.

Ils se donnent comme des conservateurs républicains. Ce sont des réactionnaires républicains.

Ils n'ont aucun des principes, ni des aspirations de la République.

Nantes, le 23 juillet 1891.

Je viens de retrouver quelques papiers de ma jeunesse que je croyais avoir égarés ; papiers insignifiants, ne rappelant que mes premiers ans : néanmoins, ma joie a été grande de retrouver des souvenirs qui me seront si précieux à l'heure de la vieillesse.

La vie est uniforme et triste. Mais son aurore est si brillante et si pure, qu'elle en éclaire le déclin d'un reflet joyeux.

*
* *

Depuis près de vingt ans, il n'est plus jamais question de la Pologne.

Est-elle donc morte, la glorieuse nation qui, pendant presque tout le siècle, a excité la sympathie de la France, au point de lui faire oublier parfois ses

propres intérêts ? et les nobles paroles de son chant
national : « Non, Pologne, tu n'es pas sans défenseurs », ne sont-elles plus que le soufflet du présent
sur les gloires du passé ? Non, la Pologne n'est pas
morte. Elle se purifie dans le malheur. Elle n'ab-
dique pas ; elle attend. Elle ressuscitera, aidée par
ceux-mêmes qui lui ont fait le plus de mal : par les
Russes.

Le jour où les Tsars voudront réaliser le rêve du
panslavisme, le grand rêve moscovite, qui sera pour
l'Europe le rêve libérateur, ce jour-là, la Russie
sera dans la nécessité de donner aux Polonais une
liberté compatible avec l'intégrité de l'Empire, dans
le double but de se les concilier et de fasciner, par
l'attrait d'une Pologne libre, les sujets polonais de
la Prusse et de l'Autriche ; ce jour-là, l'unité slave
sera faite dans les âmes, en attendant qu'elle le soit
dans les faits.

Le crime de Catherine II, commis à l'instigation
des deux grands États allemands, qui recueillirent
presque tout le profit, laissant tout l'odieux à la
Russie, ce crime sera réparé, et la Pologne renaîtra
libre, non plus anarchique et isolée, mais unie par
les souvenirs des malheurs du passé, et reprenant, à
côté de la Russie, sa place au foyer slave, désormais
à l'abri des convoitises germaniques.

*
* *

La philosophie est la grande religion. Détachée de toute pratique matérielle, elle n'évoque que des volontés, et un Créateur — « Volonté Suprême ».

Les religions positives lui ont emprunté des fragments de vérités, qu'elles ont trop souvent mises au service du despostisme.

La philosophie les explique toutes; les religions n'expliquent aucune philosophie.

Les religions ne sont que des philosophies matérialisées.

*
* *

L'ennui m'accable; cette bureaucratie militaire m'étouffe. Occupation hybride où manquent à la fois la tranquillité de la vie civile et la poésie de la vie militaire.

Que ne suis-je dans ce moment en manœuvre avec mon régiment, déployant fièrement mon escouade, et l'entraînant à la baïonnette contre l'ennemi! simple illusion, c'est vrai, mais illusion réconfortante.

Les images sinistres et les visions glorieuses se pressent, et l'on marche joyeusement.

Le clairon sonne la charge. On court, on vole, la baïonnette haute, on va mourir, on va vaincre.

Le clairon sonne le rassemblement. Les escouades, puis les sections se rassemblent, et se forment en colonne de compagnie. On n'entend plus que la voix des officiers qui dirigent l'alignement.

Le rêve est terminé. Mais l'âme de la France a un instant animé ces hommes sur lesquels planera un jour l'auréole de la Victoire.

Nantes, le 24 juillet 1891.

L'alliance franco-russe si patiemment élaborée se manifeste enfin par des faits.

Hier notre flotte a dû arriver à Cronstadt, au milieu de l'enthousiasme d'une population en délire. Je n'ai encore aucun détail à ce sujet, mais tout me porte à croire que la manifestation a dû être grandiose.

Nantes, le 25 juillet 1891.

La France et la Russie fraternisent par l'intermédiaire de leurs flottes. Rien de factice dans cet acte de mutuelle sympathie. La Triplice est une combinaison diplomatique; l'alliance franco-russe, une nécessité historique.

Nantes, le 26 juillet 1891.

Gaulois et Slaves se tendent la main. La Russie, qui domine deux mondes, qui pèse sur l'Europe et sur l'Asie, du poids de 80 millions d'hommes, la Russie, cette force suprême, est l'alliée de la France, sanctuaire du droit et protectrice des faibles. La foudre s'unit à la lumière.

* *

Que la nuit est lourde à celui qui veille! Le poids du temps l'écrase. Le néant apparent de la nature l'oppresse.

Le malheureux est broyé entre deux infinis.

* *

Les scandales de la place de la Roquette à propos de l'exécution éventuelle de Berland et de ses complices excitent l'indignation d'une certaine presse. Ces faits n'ont rien de nouveau. Ils se sont déjà produits, entre autres à propos de Pranzini. Quelques-uns, à ce propos, parlent d'exécuter dans l'intérieur des prisons. Ce serait une erreur. La société doit juger loyalement et publiquement. Elle doit exécuter à la face du ciel. Frapper dans l'ombre, ce serait douter d'elle-même et de son droit. Il ne faut pas faire abdiquer la peine de mort.

*
* *

L'évolution de l'Église vers la République ménagera aux opportunistes un nouveau succès aux prochaines élections. Ceux-ci évoqueront le spectre clérical, pour enrayer encore une fois tout mouvement revisionniste ou réformiste.

Les républicains se serreront tous autour du Gouvernement pour le défendre contre le cléricalisme, comme ils l'ont fait aux dernières élections, contre les prétendus projets de dictature du général Boulanger ; ce qui a du reste amené l'effacement des radicaux au profit des opportunistes. Ce spectacle se renouvellera dans deux ans.

*
* *

La fraternisation franco-russe continue. De grands résultats en sortiront pour le bonheur de l'Europe.

Si la guerre éclate, l'Allemagne n'aura l'appui de

l'Angleterre qu'en cas de succès. L'Autriche officielle la soutiendra; mais la population slave se soulèvera contre elle.

L'Italie temporisera ou ne marchera que mollement. Les Balkans seront la proie de l'anarchie. Les petits États suivront la Russie; même la Bulgarie, qui, à l'heure suprême, reprendra conscience de son âme slave.

Le Danemark voudra effacer 1864. Les États neutres du Nord-Est seront la proie du vainqueur.

L'Allemagne sera alors broyée entre deux mondes. La réparation aura sonné.

Une ère nouvelle naîtra. La France sera grande. L'Europe sera libre.

* *
*

O Victor Hugo! tu éclaires et tu éblouis. Tu foudroies les tyrans, tu consoles les peuples. Athlète vigoureux, d'une main tu évoques les gloires du passé, de l'autre tu sèmes l'avenir.

L'immense statue de ta gloire a pour base l'éternelle reconnaissance des peuples.

* *
*

Les cloches font ressortir la tristesse immanente des choses. Elles alourdissent le poids si lourd du temps, énervent la volonté, alanguissent l'intelligence. Il me semble entendre le glas funèbre de mes illusions et de mes espérances.

*
* *

Alsace-Lorraine, tu souffres pour nos fautes, tu expies nos crimes. Ton sort est celui de l'éternelle crucifiée. Les vainqueurs te traînent sur la claie et profanent tes cités. Chez nous, quelques-uns parlent de te sacrifier, de t'immoler à jamais. Espère, ne crains pas. La France ne fera pas cette génuflexion. Elle se relève pour la Gloire, non pour la Honte. Sa victoire libérera ton territoire ; elle délivrera notre conscience.

Tu seras libre ; la France redeviendra pure. Attendons le jour de la justice inévitable.

Nantes, le 27 juillet 1891.

Un comité vient, paraît-il de se former, pour l'érection d'une statue à Robespierre.

Je doute qu'il obtienne l'appui du Gouvernement.

L'idée n'est pas mûre. Les républicains actuels ne sont pas assez républicains pour entreprendre cette glorification des hommes de la Convention.

Tout au plus vont-ils jusqu'à Danton.

Robespierre est trop pur pour être compris par eux.

Les républicains-géants ne peuvent être glorifiés par les républicains-pygmées.

*
* *

France, n'oublie pas, souviens-toi, ta frontière est éventrée, tes fils captifs. Vingt ans ont passé. L'opprobre ne peut être éternel. Sois prête pour le devoir, pour la gloire, pour la délivrance. Assez de douleur pour eux et de honte pour toi.

Nantes, le 28 juillet 1891.

Le voile de l'ennui s'abat sur mon âme. Toujours l'éternelle monotonie des choses. — J'étouffe dans l'atmosphère bureaucratique.

J'ai soif de gloire et d'héroïsme.

Mes rêves m'emportent bien loin d'ici, là-bas sur la frontière, salué en libérateur, plus loin encore, en pays ennemi, redouté en vainqueur.

Quand donc luira le jour de la victoire? Quand sonnera-t-elle, l'heure libératrice, qui délivrera nos frères, et effacera notre honte?

*
* *

La catastrophe de Saint-Mandé émeut les cœurs les moins sensibles.

Tout le monde épanche sa pitié sur les malheureuses victimes, puis le voile de l'oubli s'étendra sur elles.

L'Humanité a trop de tristesses pour pleurer longtemps ses deuils.

*
* *

Le Droit est la force suprême. Souvent violé, il reparait toujours vainqueur, triomphant, réparateur.

Nantes, le 29 juillet 1891.

L'homme a asservi la Nature; mais celle-ci a de terribles revanches. Elle est soumise; elle n'est pas domptée. Elle éclate parfois furieuse, irrésistible. L'Humanité n'a plus alors qu'à pleurer ses morts.

*
* *

L'union franco-russe sera féconde. Créée par des craintes communes et une mutuelle sympathie, elle sera cimentée par le combat, par la victoire. Elle vengera la France, et délivrera l'Europe.

Nantes, le 3o juillet 1891.

L'alliance franco-russe est une pieuvre qui étend ses bras puissants sur l'Europe entière. Elle saisira l'Allemagne à la gorge et l'étranglera.

*
* *

Les employés de tramways de Toulouse viennent de cesser le travail.

Encore une grève qui commence, réussira-t-elle ? C'est le secret de demain. Du reste, qu'importe ? Victorieuse, elle aura des résultats irrévocablement acquis ; vaincue, elle ne sera que le prélude d'une autre qui sera triomphante.

Nantes, le 3i juillet 1891.

L'alliance franco-russe sera éternelle. Elle résulte du passé et prépare l'avenir. L'Allemagne est endiguée.

*
* *

Toulouse soutient la grève ; Toulouse combat, Toulouse triomphe. Constans est renié par sa ville natale. Ses compatriotes lui crachent à la face. C'est l'heure où le misérable cherche à se faire plébisciter président de la République. Il rêve la dictature, le triomphe suprême, et l'inévitable déchéance commence...

*
* *

Restauration, grande époque. La Révolution et l'ancien régime se heurtaient. Choc de deux tonnerres. Des principes planaient et luttaient.

Aujourd'hui, des intérêts rampent et combattent.

*
* *

Droit, Devoir, entités suprêmes, vous êtes un, comme la Justice, dont vous êtes l'essence. Vous en représentez chacun une face. L'un est objectif, l'autre subjectif.

Nantes, le 1er août 1891.

La grève a triomphé à Toulouse, patrie de Constans. Cet aspirant dictateur, si puissant en 1889 et 1890, n'aura pas été heureux en 1891. Il est visiblement en baisse. Pour la troisième fois en moins d'un an, il se voit contraint à capituler devant la force irrésistible de l'opinion publique. Opportuniste, il s'est vu dans l'obligation d'interdire *Thermidor*, la pièce antipatriotique et antirépublicaine;

réactionnaire, il a été forcé de capituler devant les grévistes des Tramways de Paris.

Ceux de Toulouse lui infligent un nouvel échec. Constans, qui, il y a un an encore, ne comptait plus les succès, Constans le Vainqueur, Constans l'Invincible, marche maintenant de défaite en défaite.

« Constans-Tonnerre », n'est plus que « Constans l'Aplati ».

*
* *

La visite des ports anglais par l'escadre française n'influera pas sur les résultats de l'entrevue de Cronstadt. A une fraternisation sympathique de deux peuples amis succédera une parade officielle. Les Français et les Russes se sont serré la main en frères. Les Français et les Anglais se salueront en voisins qui se tolèrent. Nul ne peut douter maintenant de l'alliance nécessaire.

*
* *

Alsace, tu souffres; France, tu attends. Quand donc finira le martyre ? Alsace, sois patiente. Le malheur est pour nous comme pour toi profond, insondable. Tu n'as que la douleur ; nous avons la honte.

2

Oh ! avoir vécu vingt ans dans cet opprobre. Vaincus, ne s'être pas vengés ? Insultés, outragés, n'avoir pas porté la main à la garde de l'épée.

Rougir du passé, douter de l'avenir ! France, ton bras est puissant encore. L'âme de la Révolution t'anime. La gloire de tes héros plane sur toi. Réveille-toi, relève-toi, redeviens triomphante. France, tes remords tomberont avec les chaînes de l'Alsace.

*
* *

Un voile de deuil plane sur l'humanité. La guerre, spectre horrible, menace tous les foyers. Le progrès hésite, des peuples ont été livrés comme des troupeaux. Les Allemands sont à Metz et à Strasbourg ; la crainte est partout, la honte dans nos cœurs.

Alsace, espère, la France n'est pas faite pour la honte. Elle se relève sous l'affront ; elle grandit sous l'outrage, les insultes de Brunswick l'ont jadis poussée à la victoire ; les provocations prussiennes la conduiront à la Revanche. Revanche, mot sacré, qui fait l'avenir si grand, la France si pure, malgré ses défaillances. Revanche ! inspire nos pensées, inspire nos actes, tu es notre seule pensée et notre unique espérance.

*
* *,

Bismarck, combien dois-tu souffrir dans ton

orgueilleuse retraite, qui n'a pas le prestige du malheur. L'histoire a consacré celles des grands hommes, la poésie les a sanctifiés. La tienne est sans prestige et sans gloire

Napoléon, à Sainte-Hélène, avait une île comme prison, l'Europe comme geôlier; tes adversaires dédaignent ta liberté, espionnée par leur vile police. Tes compatriotes t'oublient ; tes ennemis t'exècrent. Le châtiment, venu pour toi, sonnera pour ton peuple.

*
* *

République de 1848, si noble et si grande, éclair de la Révolution entre deux corruptions monarchiques, tu as restitué ses droits au Peuple, fait tomber les chaînes de l'esclave, proclamé la sainteté de la vie humaine. Comme toutes les grandes choses, tu n'as duré qu'un jour. Mais ce jour a suffi pour réveiller le monde. L'Humanité assoupie a repris sa marche. Il n'y a pas eu de prescriptions pour le Droit. Tous se sont inclinés devant toi. Les plus grands génies t'ont saluée. Née au souffle de Lamartine, tu as péri, défendue et pleurée par Victor Hugo.

Tu as vécu encadrée entre deux poètes. Lamartine a triomphé avec toi, Victor Hugo a souffert pour toi; tous deux ont combattu pour ta cause, puissants athlètes du Droit et de l'Avenir. Leur gloire s'est accrue de ta pureté. Écrivains, tu les as élevés au rang de penseurs; poètes, à celui de tribuns.

Lamartine a chanté ton berceau, Victor Hugo a pleuré sur ta tombe. L'Avenir t'a ressuscitée.

Nantes, le 2 août 1891.

La presse a tort de s'émouvoir outre mesure de la visite éventuelle des ports anglais par l'escadre française. Cet acte de courtoisie ne saurait affaiblir l'impression grandiose et les féconds résultats de l'entrevue de Cronstadt; au contraire, l'invitation anglaise est une preuve que la Grande-Bretagne n'est pas aussi inféodée à la Triple-Alliance qu'on aurait pu le croire dans ces derniers temps.

Elle démontre que le peuple anglais a pour la France un certain fond de sympathie auquel lord Salisbury s'est vu forcé de céder. Elle prouve enfin que le premier ministre anglais, qui n'ignore pas notre force, a été éclairé par les récents événements sur le néant de notre prétendu isolement.

La manifestation franco-russe de Cronstadt commence à porter ses fruits.

L'entrevue de Spithead ne sera donc ni la négation, ni la contre-partie de celle de Cronstadt; elle
en sera le corollaire et le couronnement.

*
* *

Les morts de Saint-Mandé entrent dans l'éternel
oubli. Quelques discours de l'autorité, quelques
oraisons d'un prêtre, quelques pelletées de terre, et
leur destinée humaine a été accomplie.

La matière a fait retour à l'éternelle évolution
des choses, l'âme s'est envolée vers l'immortelle destinée.

Ils sont morts de la mort matérielle; ils vont
mourir dans la mémoire des hommes.

*
* *

La joie n'est qu'un éclair dans la sombre nuit de
la douleur. Le malheur plane sur notre berceau.
Notre vie sans cesse menacée n'est que le jouet de
l'aveugle destinée.

Nous vivons dans la tristesse, nous mourons dans
l'angoisse. Le bonheur nous fuit, le malheur nous
étreint. La vie est un douloureux calvaire, dont le
terme est la tombe; cependant, homme, sois confiant.
Faible, tu es fort; car tu es libre. Ta Volonté infinie

2.

est souveraine comme celle de Dieu. La nature
t'étouffe, la nature t'écrase. Mais un coup d'aile
radieux te délivre et t'entraîne dans l'Infini immatériel. La mort te fait immortel !

*
* *

L'Alsace espère ; l'Allemagne tremble.

Gaulois et Slaves longtemps opprimés par les
Germains, se reconnaissent enfin et se tendent la
main. Allemands, vous subirez le lourd poids de la
défaite. L'ennemi occupera vos cités, commandera
à vos foyers. Nos étendards délivrés tressailleront
au souffle inoublié de la victoire. Vos drapeaux
captifs seront témoins de notre gloire et de votre
honte.

La France de Sedan est morte ; la France d'Iéna
est prête.

*
* *

Qui donc embrassera l'universelle Vérité ? Combien
l'Humanité est longue à se dégager de l'ignorance !
Tout l'irrite ; rien ne la satisfait dans sa soif de
savoir.

La foi la plus radieuse est assombrie par les
angoisses du doute, La science, impuissante dans sa

toute-puissance, ne nous apprend rien sur notre immortelle destinée. Elle n'a pu soulever qu'un coin du voile qui nous dérobe la Nature. La Vérité est Une. Nous n'en possédons que des fragments. Êtres finis, nous ne pouvons étreindre l'Infini. Le problème reste entier ; notre ignorance complète.

Nantes, le 3 août 1891.

Les fêtes de Cherbourg répondent à celles de Cronstadt. Partout les Français et les Russes sympathisent. L'alliance franco-russe plane sombre et terrible sur l'Allemagne, comme le châtiment qu'elle annonce. Allemands, vous connaîtrez les douleurs de la défaite, les hontes de l'invasion.

Nous vous écraserons sous notre botte impitoyable. Vous serez broyés, anéantis. Vos victoires d'un jour n'auront été que le prélude de la Défaite irréparable.

Nantes, le 4 août 1891.

Vaincre, triompher, écraser à jamais ces vainqueurs d'un moment, ces triomphateurs de hasard. Te voir, Revanche sacrée, te connaître, te saluer, t'adorer !

Nantes, le 5 août 1891.

C'en est fait. Le trafic des Indes nous échappe. La malle des Indes ne suivra plus la voie Calais-Paris-Modane-Brindisi ; elle passera par Ostende, Strasbourg, Salonique.

Lord Salisbury choisit bien son heure pour opérer cette modification, au moment où l'escadre française va visiter les ports anglais, dernière conséquence de l'ex-entente anglo-française, qui ne fut jamais pour nous qu'un pur marché de dupes.

Mais l'Italie aussi est atteinte par la mesure qui nous frappe. Notre voisine d'au delà des Alpes peut ainsi se rendre compte de la sincérité de l'amitié anglaise.

Pour nous, depuis longtemps la preuve est faite. Quoi qu'il en soit, la mesure est définitive.

La politique de Lord Salisbury a achevé l'œuvre économique commencée par le percement du Saint-Gothard et l'agrandissement des ports de Gênes et de Brindisi. Seulement, au lieu de profiter à l'Italie, elle sera avantageuse à l'Autriche qui vise Salonique qu'elle domine déjà stratégiquement par la possession de la Bosnie.

Mais c'est en vain que le premier ministre anglais

évite systématiquement de faire passer la malle des Indes par le territoire français.

Le nouvel itinéraire traverse des pays jadis français, qui le redeviendront. En attendant, la mesure cause à la France un préjudice grave. C'est à nous qu'il appartient de trouver des compensations. L'Afrique nous les donnera. En faisant un tout de l'Algérie, du Soudan français et du Congo, en construisant une ligne ferrée d'Alger à Brazzaville, par le Tchad et le Baghirmi, nous ferons de notre pays l'entrepôt de toutes les richesses du Soudan, du Congo et de l'Afrique Centrale. Il suffit de suivre la voie tracée par les Flatters, les de Brazza et les Crampel, et de savoir déjouer les menées hostiles de l'Angleterre et de l'Allemagne. Là, et non dans les marais du Tonkin, se trouve notre avenir colonial. Quant au trafic anglo-indien, l'inévitable chute de la domination anglaise dans les Indes le réduira notablement. Déjà les symptômes apparaissent. Ce sera l'œuvre du temps et de la justice.

Nantes, le 6 août 1891.

La féerie de Cronstadt a pris fin. Nos marins voguent, le cœur radieux, vers d'autres rivages. Sans doute ils retournent en France reporter à leurs concitoyens l'écho des applaudissements qui les ont accueillis. Non, ils vont en Angleterre saluer la reine Victoria et son ministre.

Le Gouvernement a-t-il raison dans cette occasion ? Oui. Les sympathies de famille de la Reine, les préjugés de caste et les opinions conservatrices de lord Salisbury rapprochent momentanément l'Angleterre de la Triple-Alliance. Mais nous croyons la Grande-Bretagne trop prudente pour avoir rien signé. Il ne peut guère y avoir eu qu'un échange de vagues promesses dont l'Angleterre saurait très bien s'affranchir si elle le jugeait utile. Enfin, le parti whig, opposé à la Triple-Alliance, le parti de Gladstone, francophile et slavophile, gagne tous les jours du terrain, et sera vraisemblablement vainqueur aux prochaines élections. Il faut donc ménager l'Angleterre, c'est l'alliée possible de demain.

*
* *

O Déroulède ! ta vie est un apostolat, ta parole un hymne ; croyant, tu as passé radieux au milieu des sceptiques. La calomnie, la calomnie sinistre qui a jeté Gambetta dans la tombe, Boulanger dans l'exil, la calomnie a expiré impuissante à tes pieds. Sa bave n'a pu te salir. Tu pleures et tu espères. La tristesse obscurcit ton front. Ton aspect est pour les lâches

et les trembleurs un foudroyant reproche. Tu leur
apparais comme le remords vivant de la France.

*
* *

L'Infini nous entoure, l'Infini nous obsède, l'Infini
nous échappe.

Qui résoudra l'Immense Problème ?

Rien ne dissipe les ténèbres de l'ignorance.

Nous errons et cherchons la lumière.

La science grandit majestueuse, monstre gigan-
tesque, et ne nous fait rien savoir. Le doute horrible plane sur nos têtes.

*
* *

Alsace, tu feras l'éternelle admiration des âges.

Ton martyre sera notre éternel remords. Vingt
ans ont scellé ta captivité et notre honte.

Attendras-tu longtemps encore?

. . . .

La nuit s'épaissit chaque jour plus sombre sur ta
douleur. Enchaînée à l'Allemagne, tu es comme elle
le jouet d'un malade. La vengeance ne paraît pas
encore. Elle viendra, car tôt ou tard, la Justice a son
heure.

La victoire effacera ton malheur, sans laver notre
honte.

Nantes, le 7 août 1891.

Constans, ancien gouverneur de l'Indo-Chine, ex–vidangeur, actuellement ministre de l'Intérieur du gouvernement opportuniste, assassin hier, aujourd'hui, demain, toujours, a trouvé de nombreux admirateurs dans la boue fin-de-siècle. L'encens qu'ils brûlent à son autel exhale le double parfum du sang et de la vidange.

Ex-républicain, a fait massacrer les ouvriers à Fourmies. Renouvelle avec succès au xixe siècle les pratiques des Borgia. A fait assassiner en Espagne son associé en vidange Puig y Puig, après l'avoir dépouillé. Couvert par le drapeau et l'autorité de la France, a, comme gouverneur de l'Indo-Chine, rançonné le roi du Cambodge, voué ses sujets à la ruine, en rétablissant le jeu des Trente-six-Bêtes, moyennant un fort pot-de-vin. A fait empoisonner Richaud, apportant en France la preuve de ses crimes.

Possède a un très haut degré l'audace du cynisme. Sera le Casimir Perier de l'Opportunisme, à moins qu'il n'en devienne le Guizot.

Nantes, le 8 août 1891.

Crampel est mort. Salut a sa dépouille. Gloire à sa mémoire.

Tu marchais en apôtre, tu es mort en martyr. Tu apportais la liberté à ces sauvages, dans les plis tricolores du drapeau de la France. Ils ont frappé, n'ayant pas compris. Ta patrie ne désertera pas ton rêve.

La route que tu as ouverte sera suivie. Ta mort a scellé ta gloire et consacré ton œuvre.

*
* *

Tous hésitent au seuil de l'Infini. La mort effraie. L'au-delà épouvante. Croyants et sceptiques reculent. L'Inconnu se dresse, menaçant, terrible. Qui résoudra l'Insoluble ?

Nantes, le 9 août 1891.

L'Allemagne descend, la France monte ; la Revanche se prépare, lente et formidable.

3

Nantes, le 10 août 1891.

L'alliance franco-russe est à peine formée, et déjà ses résultats apparaissent féconds, éclatants. La Russie vient de se joindre à la France, dans ses réclamations diplomatiques auprès du gouvernement de Pékin, au sujet des derniers troubles, ce qui permettra de résoudre pacifiquement des difficultés qui auraient pu nous entraîner trop loin.

Enfin, en Europe, les petits États sentant, dans l'alliance franco-russe, un point d'appui contre l'ambition allemande, commencent à reprendre conscience de leur indépendance.

C'est ainsi que la Suisse vient de rompre les négociations qu'elle avait entamées avec l'Allemagne, l'Autriche et l'Italie, pour la formation d'une union douanière de la Triplice.

Le mouvement germanophope ne tardera pas à gagner la Belgique, la Hollande et le Luxembourg, qui, chaque jour, gravitaient plus près de l'Allemagne.

Ce sont là des résultats précieux, en attendant d'autres.

* *
*

La nuit vient. L'Infini descend sur nos têtes, troublant et mystérieux. Qui dissipera les ténèbres du doute ?

Aimer, croire, espérer, ignorer, c'est l'inévitable destinée.

Nantes, le 11 août 1891.

Geisen est mort. C'était bien l'homme qu'il fallait à Constans, pour accomplir son œuvre infâme. O honte ! Un général français, ancien ministre de la Guerre, redouté, attaqué par Bismarck, a été condamné comme concussionnaire, sur le témoignage d'un stipendié de l'Allemagne.

La Chambre haute, Haute cour de Justice de la République Française, sur le rapport d'un espion prussien, a flétri l'homme triplement sacré, par l'espoir de l'Alsace, l'amour slave et la haine allemande. Geisen, le remords et le mépris public ont pesé sur ta vie. La mort t'a livré à l'Éternelle Justice. La tombe te sera légère, doublement protégée par la reconnaissance opportuniste et le mépris français.

*
* *

Hélas ! l'histoire nous est inconnue, nous méconnaissons nos amis, nous ignorons nos ennemis. L'alliance franco-russe apparaît à tous comme une foudroyante nouveauté !

L'alliance est bien ancienne, cependant ; constamment entravée par la diplomatie prussienne et l'impéritie de nos gouvernements, elle a été souvent féconde, toujours glorieuse. Chez nous, on ne cite que Tilsitt et Erfurt. Il faut remonter plus haut, pour retrouver l'alliance franco-russe.

Elle date des premiers temps de l'entrée de la Russie dans le concert européen.

Rappelons-nous la visite faite par Pierre le Grand au Régent, le duc d'Orléans, et les propositions d'alliance du Tsar, propositions dont l'ancêtre des d'Orléans dédaigna la portée. Il était prisonnier, peut-être stipendié de l'alliance anglaise.

Un traité de commerce fut le seul résultat de cette rencontre des deux grandes nations. Plus tard, nous voyons, en 1756, la Russie se joindre à la France et à l'Autriche, pour écraser, avec Frédéric le Grand, la fortune naissante de la Prusse.

La glorieuse impératrice Elisabeth prévoyait l'immense danger. La mort interrompit son œuvre. Son successeur était l'admirateur de Frédéric. Il s'allia à lui. L'indignation nationale le détrôna.

La Russie redevint neutre avec sa nouvelle impératrice Catherine II. Cette princesse allemande ne pouvait écraser sa patrie, l'intérêt des ses sujets lui interdisait de la soutenir.

Elisabeth, si clairvoyante et si patriote, ton nom vivra glorieux. Ta politique aurait empêché bien des malheurs, évité bien des hontes. Grâce à toi, Waterloo et Sedan pouvaient être écrasés dans l'œuf. Sur le déclin du dix-huitième siècle, Catherine II, reconnaissant que la Prusse et l'Autriche l'avaient bernée dans l'affaire de Pologne, se rapprocha de la France.

L'alliance allait être conclue. Mais la prise de la Bastille fit redouter à la Tsarine une ère de difficultés intérieures.

La question fut ajournée. Paul Ier la reprit, d'accord avec Bonaparte, Premier Consul ; des plans furent préparés pour l'invasion de l'Inde.

Les détails les plus minutieux étaient réglés, quand le Tsar périt, frappé par la main de l'Angleterre. Après Eylau et Friedland, Napoléon Ier et Alexandre reconnurent à Tilsitt les liens nécessaires qui les unissaient.

L'alliance fut encore confirmée à Erfurt l'année suivante (1808).

L'ambition de Napoléon, qui menaçait d'absorber l'Allemagne, alarma le Tsar. La rupture, puis la guerre en résultèrent. Nul n'ignore les catastrophes qui suivirent.

En 1815, le Tsar sauva la France, menacée par la Prusse, du démembrement.

En 1818, au congrès d'Aix-la-Chapelle, sa haute intervention amena l'évacuation anticipée du territoire français. Sous Charles X, l'intimité franco-russe devint encore plus grande. La flotte des deux nations, aidée de la flotte anglaise, assura à Navarin l'indépendance de la Grèce. Une alliance formelle assurait Constantinople et les Balkans à la Russie ; celle-ci ayant accès dans la Méditerranée pouvait donc y contrebalancer l'influence anglaise. En revanche, la Russie devait aider la France à conquérir l'Algérie et la Tunisie, et à reprendre la Belgique et les provinces du Rhin.

Cette alliance, connue de l'Angleterre, empêcha celle-ci d'intervenir contre la France après la prise d'Alger. L'alliance franco-russe nous a donc déjà valu l'Algérie, elle nous aurait donné la Tunisie dès cette époque, où l'Italie non encore formée n'aurait pu faire d'opposition, si la Révolution n'avait renversé le trône de Charles X.

Le Rhin également aurait été reconquis presque sans coup férir sur l'Allemagne divisée, en face de l'Angleterre impuissante. Le drapeau blanc arboré pendant vingt-cinq ans contre la France, au milieu des bannières ennemies, aurait de nouveau flotté sur les victoires françaises. La Monarchie, purifiée de la souillure de l'étranger, aurait retrouvé avant de périr une partie de son ancienne gloire.

Le destin ne l'a pas permis.

Ceux qui avaient appelé l'étranger contre la Patrie n'ont pu effacer la honte ineffaçable.

Sur les murs d'Alger, une dernière lueur de gloire a surgi pour éclairer leur tombe. L'œuvre sera accomplie par d'autres. Elle appartient à la République, fille de la Convention, qui refera son œuvre compromise par les deux Napoléons, reniée par les d'Orléans.

Louis-Philippe, inféodé à l'Angleterre, fut toujours opposé à la Russie. Napoléon III débuta par la guerre de Crimée. Pourtant, après le Traité de Paris, l'entente parut se rétablir. Le prince Gortchakoff appuya l'occupation française en Syrie, attaquée par l'Angleterre, notre alliée d'alors, qui, en 1860, essaya de nouer contre nous une coalition européenne à l'occasion de l'annexion de la Savoie et de Nice, annexion triplement légitimée par la géographie, la volonté des habitants, et le libre consentement de l'Italie.

La Russie fit échouer la Grande-Bretagne.

L'alliance se faisait lente, irrésistible. Ce fut alors que parut Bismarck.

Il profita de l'insurrection polonaise, s'il ne la suscita, pour séparer la France de la Russie, et rappeler à celle-ci sa complicité dans le crime du démembrement. L'appui qu'il donna alors à la Russie, les sympathies françaises pour les insurgés qui se manifestèrent dans une lettre où Napoléon III demandait à Alexandre II le rétablissement du royaume de Pologne, tout rejeta la Russie dans les bras de la Prusse. Divers incidents du voyage du Tsar à Paris, en 1867, achevèrent la victoire de Bismarck. Mais aujourd'hui, la France et la Russie, éclairées par les derniers événements, se reconnaissent et préparent ensemble leurs glorieuses destinées.

*
* *

Lamartine pleure, Victor Hugo plane. Tous deux sont la grande voix du siècle. Après avoir chanté la royauté et la noblesse, ils sont allés à la démocratie, à la liberté.

Le passé est descendu dans la tombe idéalisé par leur poésie. L'Avenir s'est levé, entouré de l'auréole de leur génie. Ils ont tout vu, tout glorifié, tout aimé.

***

La nuit fait jaillir la poésie, elle couvre, elle enveloppe, elle idéalise. La Pensée, affranchie, dégagée de ses liens terrestres, vole triomphante vers le ciel. L'âme s'agrandit. L'immense apaisement se fait. Le poète rêve au milieu de l'universel repos.

***

Guillaume, quel châtiment! La nation que tu voulais égorger presse la Russie sur son cœur, comme si elle voulait étouffer l'Allemagne dans son embrassement. Toi, tu te meurs impuissant sur le navire où t'a cloué ton destin.

***

Longtemps, l'Avenir a sommeillé.

La France a souffert, pleuré, attendu. Son cycle de gloire brutalement interrompu va se rouvrir. La victoire reviendra glorieuse sous nos drapeaux.

La Civilisation retrouvera son flambeau.

Nantes, le 12 août 1891.

L'enthousiasme russophile s'étend sur la France comme une traînée de poudre.

3.

Partout les cœurs battent de la même espérance. On acclame les victoires futures, les gloires de demain. Pourtant rien n'est signé. L'alliance ne repose que sur les promesses des gouvernements et la volonté des peuples. Une telle alliance peut défier toutes les tempêtes. Elle sera probablement le type des alliances de demain. L'alliance signée sur le parchemin par les diplomates de carrière, l'alliance vieux jeu a fait son temps.

Son destin est d'être méconnue par les gouvernements et déchirée par les peuples.

* * *

Lu dans le *Figaro* les plaisanteries d'Albin Valabrègue sur l'enthousiasme russophile. C'est odieux.

Le présent est triste, l'avenir est sombre ; il n'y a pas de place pour la raillerie. Malheur à cet homme !

Le rire, arme puissante, a été tourné par lui contre la Patrie mutilée.

Un journaliste cabotin a craché sur nos espérances.

Nantes, le 13 août 1891.

Alsace, sèche tes pleurs ; bientôt luira le jour immortel.

La douleur et la honte sont oubliées. L'Aurore de la gloire se lève de nouveau sur la France.

Nantes, le 14 août 1891.

L'idée slave mûrit. La Russie, rejetant l'influence allemande et reprenant enfin conscience d'elle-même, vient de tendre une main fraternelle à la France.

En Bohême, les Tchèques s'agitent. Malgré les efforts du Gouvernement autrichien, l'Exposition de Prague n'a guère été qu'une manifestation anti-allemande. Le Monténégro est toujours fidèle à la Russie.

La Serbie, depuis l'abdication du roi Milan, s'est définitivement affranchie de l'influence austro-allemande. Que reste-t-il donc à faire pour créer l'unité slave dans les cœurs ?

Peu de chose. Réconcilier les Russes et les Polonais. Cela ne dépend que de la clairvoyance et de la sagesse d'Alexandre III, dont personne ne saurait maintenant douter.

Il faudrait aussi délivrer la Bulgarie du gouvernement allemand qui l'opprime.

Une heure de bon sens bulgare et de patriotisme slave y suffira. Le jour où les âmes slaves auront la même volonté, nourriront les mêmes espérances,

leur unité matérielle se fera. Ce jour est peu éloi-
gné.

Dans quelques années, l'Empire slave s'étendra du
Kamchatka à l'Oder et aux sources de l'Elbe, de la
Caspienne à la Méditerranée et à l'Adriatique.

La péninsule des Balkans sera russe, sauf l'extrémité sud, qui sera le domaine des Hellènes.

Il appartient à la France de prendre part à ce mouvement, qui resserrera les Allemands dans d'étroites
limites.

Le mouvement des nationalités, commencé contre
nous, se terminera à notre avantage.

Nous y trouverons enfin l'occasion de la vengeance
sacrée, qui constitue pour nous un impérieux devoir.

Encore une fois, ce jour est proche. Soyons prêts.
Après l'unité italienne, après l'unité allemande,
l'unité slave.

Nantes, le 15 août 1891.

Toujours l'Infini troublant et mystérieux; l'homme
erre dans les ténèbres.

Nantes, le 16 août 1891.

La tristesse est l'essence de la vie. Elle nous étreint, nous enveloppe, nous serre à la gorge.

**

L'Idée est vengeresse, l'Idée exécute. — Méprisée, elle subsiste ; persécutée, elle survit.

C'est la Force de demain, la Triomphatrice de l'Avenir.

Nantes, le 17 août 1891.

Le présent est triste, le passé, sombre, l'avenir impénétrable. Douleurs et ténèbres !

**

Le général Boulanger a parlé. Cette grande voix, muette depuis si longtemps, rappelle des égarés à la raison. Le Général veut qu'on aille à Porstmouth. Toute sa haine est pour l'Allemagne. Sois béni, pauvre exilé sur qui a plané notre espérance.

Ta douleur immense ne peut te voiler la Patrie.

Dans ta faiblesse et ta proscription, tu restes fort et glorieux.

Nantes, le 18 août 1891.

Le patriotisme allemand est fait de la haine et du mépris de tout ce qui n'est pas germain. Patriotisme tout négatif, qui depuis près d'un demi-siècle couvre l'humanité d'un voile de deuil.

Le patriotisme français, au contraire, est fait de lumière et de bonté, il étend sa sympathie sur le monde.

C'est le glorieux reflet de l'humanité.

*
* *

Encore des troubles dans le Nord ; l'édifice social craque, le peuple monte à la lumière.

La Révolution française, à peine commencée, s'achève et se continue tous les jours. Que d'obstacles n'a-t-elle pas encore à surmonter !

Hélas ! des flots de sang nous séparent peut-être de l'immense et fraternelle réconciliation.

Ce jour appartient à l'avenir.

*
* *

Bismarck, ex-chancelier de l'empire d'Allemagne,

a vaincu le Danemark, a triomphé de la monarchie de Charles-Quint qu'il a enchaînée à son char de triomphe, a écrasé en un an la nation qui avait défié vingt années de coalition. A ressuscité l'empire d'Allemagne qu'il a mis dans les mains du souverain d'un état de troisième ordre.

A endigué le socialisme, arraché Constantinople à la Russie, ajourné le rêve slave, englobé l'Italie dans sa politique.

L'Europe lui a obéi. Il a vécu tout-puissant.

Il mourra proscrit, brisé par le caprice d'un malade.

*
* *

Les Conseillers municipaux de Paris, qui reçoivent du Gouvernement un traitement illégal, ne sont même pas des fonctionnaires. Ce sont des salariés de Constans.

*
* *

Se dégager de la matière ; entrer dans l'Infini, dans l'immatérialité.

Quel rêve ! quelle réalité ! La mort l'accomplit, la mort qui purifie, la mort qui délivre. La vie, c'est la nuit ; la mort, c'est l'aurore radieux de l'éternelle lumière.

Nantes, le 19 août 1891.

L'Idée apparait faussée sous le masque du langage. Rien ne peut exprimer ce qui est en nous. L'Infini rendu par le fini, l'Idéal par la matière : tel est le langage. C'est le signe de notre imperfection, la preuve vivante de notre organisation incomplète. Le langage est le mensonge fatal.

Nantes, le 20 août 1891.

En philosophie, comme en art et en politique, les indépendants sont ceux qui ne le sont pas. Aucun principe ne les dirige ; aucun critérium ne les guide, ils flottent au gré de toutes les inspirations, de tous les hasards. Leur indépendance n'est que leur universelle dépendance.

**.

Le vent souffle, la tempête se déchaîne, emplissant le cœur d'une insondable tristesse.

Homme, que tu es petit en face de ces convulsions

de la nature. Ton ardeur qui s'allume, pâlit devant l'immense clarté de la vie universelle.

L'orage de tes passions bouillonne impuissant sous un crâne. Une parcelle de la Nature écraserait l'Humanité.

Le vent mugit, cri sombre, cri lugubre, cri d'agonie.

Peut-être, à cette heure, des navires périssent dans l'immensité des mers, jouets de ton action aveugle. Tu anéantis et tu broies.

Les équipages désespérés jettent un dernier cri, cri de prière; peut-être de blasphème. Tu le couvres de ta voix. L'éternel silence se fait autour d'eux.

Humanité, pleure tes morts; pleure surtout tes vivants.

La même destinée les attend, sombre, inéluctable. Le vent mugit : ainsi tonnera, le jour sacré, la grande voix de la guerre. Des peuples lutteront, des peuples mourront. Le deuil s'étendra sur l'humanité, la gloire sur la France. Nous serons triomphants.

Le vent mugit, profond, insondable comme la tristesse humaine. Sa voix qui pleure réveille notre douleur.

O immense tristesse !

Vent sinistre, vent lugubre comme un glas d'agonie, tu sonnes la mort universelle.

Mort de nos illusions.

L'espérance d'aujourd'hui n'est que le regret de demain. Mort de notre jeunesse qui fuit, ne laissant que la douleur ou le remords.

Nature puissante, l'homme t'admire, l'homme te redoute; mais il te domine de toute la puissance de la Volonté sur la Fatalité.

Nantes, le 21 août 1891.

Rochefort a le génie de la haine et l'instinct de la vérité. Celle-ci lui apparaît à travers le masque du mensonge. Athlète vigoureux, Rochefort va droit au fait. Il démasque l'imposture, la combat et l'anéantit.

Son coup d'essai a tué l'Empire. Il couronnera sa carrière en déboulonnant Constans; sérieuse ou légère, son œuvre quotidienne exécute sûrement. Il a fait du rire le levier du Droit.

***

Avec la nuit tout s'épure. La Nature dort. L'Immatériel veille. L'Idée immortelle plane sur l'universel repos.

*
* *

Le martyre est le triomphe de l'apôtre.

Nantes, le 22 août 1891.

Ce que nous appelons civilisation n'est souvent que la barbarie perfectionnée dans ses moyens, restée sauvage dans son essence.

*
* *

Odieux, mais terrible... France, que Dieu te donne un de Moltke!

Nantes, le 23 août 1891.

A notre époque de divisions ardentes et profondes, les morts servent d'armes aux vivants.

Nantes, le 24 août 1891.

La voix est unanime. Il faut réunir nos possessions éparses de la Méditerranée au Congo, afin d'en former un immense empire.

L'Algérie doit servir de base à toutes nos expéditions dans l'intérieur de l'Afrique.

Malheureusement celle-ci est peu solide.

La population française y est en nombre insignifiant. Les indigènes, aussi bien Arabes que Kabyles, n'y sont tenus en respect que par la présence permanente de nombreuses troupes. Qu'adviendrait-il, en cas de guerre européenne, si les nécessités de la lutte nous amenaient à dégarnir notre colonie, dans un intérêt suprême de salut national? Il n'est pas difficile de le prévoir.

L'histoire, et une histoire récente, est là pour nous l'apprendre. Il n'y a qu'à se rappeler l'insurrection de 1871. Les indigènes, profitant de l'éloignement de la plupart de nos troupes, se soulevèrent en masse, détruisant plusieurs villages français. Les insurgés arrivèrent jusqu'aux portes d'Alger. Sauf quelques villes du littoral, on peut dire qu'ils se rendirent maîtres de l'Algérie entière. A la prochaine guerre la situation sera la même. Notre position en Algérie n'est pas plus solide qu'à cette époque. Aujourd'hui comme alors, l'indigène n'est contenu dans sa haine que par la présence de nombreuses troupes.

La colonisation n'est guère plus avancée qu'au moment de l'Année Terrible.

Deux causes rendraient même la situation plus mauvaise qu'en 1871. La haine des musulmans d'Afrique contre les Européens a augmenté depuis cette époque, par le fait du développement de la secte fanatique des Senoussi, en même temps que leur audace s'est accrue à la suite des succès du Madhi sur les Anglo-Egyptiens, et des progrès constants de l'islamisme au centre de l'Afrique.

Enfin les flottes de l'Autriche et de l'Italie feraient certainement quelque diversion sur le littoral algérien, et débarqueraient peut-être même des troupes pour donner la main aux insurgés et s'emparer de points d'où ils pourraient à loisir pourvoir les Arabes d'armes et de munitions. Un passé récent le prouve. Au moment de l'invasion de la Tunisie, l'Italie, espérant être soutenue par l'Allemagne, l'Angleterre et la Turquie, avait préludé à une guerre contre la France, par le soulèvement de l'Algérie.

Les excitations d'un journal arabe publié en Sardaigne à cette époque, les promesses des agents italiens, ont certainement été la cause principale de l'insurrection qui éclata alors, sous la direction de « Bou-Amena ».

Le mal est indéniable. Quel est le remède ? Beaucoup prétendent qu'il n'y en a pas, arguant de la prétendue impuissance coloniale de la France. C'est plus qu'une erreur, c'est un blasphème.

Ceux qui profanent ainsi le passé et l'avenir de la Patrie devraient bien jeter les yeux sur l'histoire de l'Amérique du Nord. Ils y verraient le Canada colonisé par la France, ses hardis pionniers découvrant le Mississipi, les colons marchant sur leurs traces; puis, après, le traité de Paris, 1763, les populations françaises maintenant leur nationalité en face du vainqueur et de l'immigration anglo-saxonne. Complètement abandonnés de la Métropole, les Canadiens n'ont cessé de voir leur nombre s'accroître. Aujourd'hui, refoulant continuellement l'élément anglo-saxon, ils forment une nation jeune et forte, sur laquelle resplendit un radieux avenir.

De nos jours, enfin, n'avons-nous pas un grand nombre de nos nationaux en Russie, en Égypte, au Mexique, au Brésil, à Montévideo et à Buenos-Ayres, dans cette dernière ville surtout, où la plupart n'ont trouvé que la misère ?

Pourquoi tous ces émigrants n'ont-ils pas été s'installer en Algérie ? Pour deux causes : l'incurable ignorance des Français en géographie ne leur a pas permis de connaître les ressources de cette colonie, tandis que les agents des Compagnies d'émigration leur ont longuement exposé les avantages qui les attendaient sur le sol argentin. Enfin, ils ont été rebutés par la pensée de notre administration tracassière. Des réformes bien simples apporteraient à cette situation le remède attendu.

Pourquoi, aussi, ne pas chercher à attirer sur l'Algérie certaines catégories d'émigrants non français, qu'on rattacherait ensuite au sol par la naturalisation ; les Suisses et les Belges par exemple, dont beaucoup, surtout les derniers, sont de race française.

Il en est de même des Irlandais, qui ont la même origine celtique que nous, et qui sont actuellement des millions aux États-Unis. Cela vaudrait mieux pour nous que de laisser cette masse énorme d'émigrants se perdre au delà de l'Atlantique et y féconder l'ingrate nation américaine.

Détourner l'émigration française de l'Amérique du Sud, l'émigration irlandaise de l'Amérique du Nord, les attirer toutes deux sur l'Algérie, voilà le remède.

Ajoutons que les circonstances sont favorables.

L'Amérique du Sud n'est guère tentante en ce moment. Le Chili est en proie à la guerre civile, le Brésil et la République Argentine subissent une crise financière et commerciale intense. Les autres états sont faibles et n'ont encore aucun développement Quant aux États-Unis, après avoir fermé leur territoire aux produits européens par le bill Mac-Kinley, ils semblent actuellement disposés à l'interdire également aux émigrants.

Ils sont déjà entrés dans cette voie. Tout favorise donc l'exécution du plan proposé plus haut.

* *
*

Salut à la gloire renaissante de la France.

Nantes, le 25 août 1891.

La joie plane sur la France, l'espérance sur l'Alsace-Lorraine. Réjouissez-vous, provinces martyres, le deuil ne sera pas éternel. Le châtiment s'amoncelle sur la tête de l'Allemagne, il éclatera bientôt, vengeur, irrésistible.

* *
*

Sur la terre, la conscience est le reflet de Dieu, Elle châtie, elle console. Avec elle, le coupable porte en lui son châtiment, le juste sa récompense. Nul n'échappe à son action. Elle suit le criminel dans sa fuite, et le trône n'en défend pas le tyran.

*
* *

Au milieu de l'universel scepticisme, Déroulède est une figure remarquable. C'est un croyant, c'est un apôtre.

Le malheur de la Patrie est son continuel tourment, la chute de la France son éternel remords. Il pleure, il combat pour nous tous. La souffrance nationale est devenue sa souffrance personnelle. Si la France n'est vengée, il mourra inconsolable,

Nantes, le 26 août 1891.

L'amour de la vie est en raison directe de l'âge.

Nantes, le 27 août 1891.

Le temps est irrésistible.

Nantes, le 28 août 1891.

Au Chili, le droit et le despotisme jouent leur partie suprême, dont la capitale est l'enjeu. Liberté, puisse la victoire couronner tes drapeaux!

4

Le dix-neuvième siècle, à son déclin, n'assistera pas à une réédition du 2 Décembre. Un aventurier ne fera pas reculer l'Avenir.

*
 * *

Alain Chartier est un des grands hommes du quinzième siècle. Il a gardé le sens littéraire dans un siècle de barbarie. Il a sonné le relèvement de la France meurtrie. Jeanne d'Arc est née au souffle de son éloquence. Sa parole a charmé ses contemporains et délivré sa patrie.

Il est grand, il est pur, il est noble.

La France glorifie encore Louis XIV et Napoléon Ier.

Elle garde le souvenir des despotes qui l'ont opprimée ou perdue. Leurs statues encombrent nos places.

Alain Chartier est oublié. Son souvenir n'appartient plus qu'aux érudits. Il ne subsiste de lui que son œuvre, libératrice et féconde.

Nantes, le 29 août 1891.

Ayons l'œil fivé sur le Devoir, sur l'Avenir.

Nantes, le 30 août 1891.

Le Droit a toujours son heure.

Nantes, le 31 août 1891.

Balmacéda est définitivement vaincu. Ses soldats ont lutté avec un courage digne d'une meilleure cause. L'aventurier a pris la fuite. Puisse le Chili compléter cette victoire du droit en se régénérant par la paix et la liberté !

*
* *

L'homme est une bête en marche vers la Divinité.

*
* *

Rêver dans l'Infini, calmer nos souffrances en les exaltant, prier, pleurer, nous montrer notre néant et notre grandeur, tel est le rôle du poète. Le savant dissèque un fragment de vérité, le philosophe essaie de l'étreindre tout entière. Le vers du poète est l'éclair qui en illumine les horizons infinis.

*
* *

Le vent réveille en nous l'immense tristesse. La

douleur gronde. Où êtes-vous, espérances de la jeunesse, illusions d'autrefois? Vous avez disparu, laissant le vide profond, infini. La vie chante la joie.
Mon âme est la proie de l'insondable tristesse. La
nature radieuse plane sur la mort de mes espérances.

*
*   *

Rochefort est grand. Depuis vingt ans, tous nos
despotes l'ont proscrit.

Sa voix domine la prostration actuelle.

Elle rattache l'espoir d'hier à la réalité victorieuse
de demain.

Nantes, le 1ᵉʳ septembre 1891.

Le pessimisme n'est pas une doctrine ; c'est un
état morbide. Il s'empare de l'âme, broyée par la
douleur, comme la maladie, du corps brisé par la
fatigue.

*
*   *

L'Espérance transfigure la Réalité.

Nantes, le 2 septembre 1891.

Tous les Français ont dans l'âme le deuil de la Patrie. C'est l'anniversaire du jour inoubliable. L'Allemagne tressaille de joie, et célèbre pompeusement le sanglant anniversaire.

Vingt et un ans ont passé.

Nos morts dorment encore sans vengeance.

Nos drapeaux sont toujours captifs. L'Allemagne renouvelle tous les ans l'effroyable affront, en fêtant joyeusement le 2 Septembre, sans que nous puissions lui cracher à la face aucun nom victorieux.

Chaque jour, le temps scelle notre honte.

*
* *

L'Avenir est le champion du Droit.

Nantes, le 3 septembre 1891.

Le grand jour se prépare...

4.

Nantes, le 4 septembre 1891.

Entendu hier, sur le cours Cambronne, l'hymne russe et *La Marseillaise*. Quel contraste entre les deux chants !

D'abord, l'adoration religieuse d'un homme par un peuple prosterné; ensuite, le chant vibrant d'une nation qui se lève victorieuse et souveraine.

*
* *

Guillaume va rejoindre François-Joseph. Les deux souverains allemands vont se trouver seuls en face de leur impuissance qui commence.

Ils sont isolés désormais en face de la France, relevée et résolue, et des Slaves, qui ont repris conscience d'eux-mêmes.

L'Angleterre, qui semblait un instant fascinée par la Triplice, a repris sa liberté d'action. Les fêtes de Porstmouth s'adressaient moins à la France qu'aux nations de la coalition germano-italienne.

La Grande-Bretagne prenait congé d'elles.

Il ne reste plus, aux deux complices germains, que l'appui menteur de l'Italie, la nation de toutes les apostasies et de toutes les trahisons.

* * *

Yves Guyot, l'homme ambulant de l'opportunisme, commis voyageur gouvernemental à 5oo francs par jour.

Ses collègues du ministère se débarrassent volontiers sur lui de la corvée des inaugurations dans les départements. S'amuse du pouvoir, comme un enfant d'un hochet.

Enchanté d'écouter les discours des maires de province et de se faire rendre les honneurs militaires par les pompiers d'infimes bourgades, où il va inaugurer des lignes de chemin de fer d'intérêt local de vingt-cinquième ordre.

Voyage à l'œil et banquette joyeusement aux frais des contribuables. A commencé par être radical, pour devenir ensuite ministre opportuniste et... grotesque.

* * *

On ne semble pas, en France, attacher assez d'importance à l'intimité croissante de la Russie et de la Serbie, ainsi qu'au voyage que le roi de ce dernier pays a fait à Paris.

Cette évolution dans la politique serbe a commencé quelque temps avant l'abdication du roi Milan. C'est elle qui a décidé à descendre du trône ce souverain inféodé à l'Autriche-Hongrie.

Le fait est capital. Le péninsule balkanique semblait, il y a quelques années, destinée à devenir le développement de l'Autriche-Hongrie, c'est-à-dire de l'Allemagne; car l'empire des Hohenzollern et l'Autriche officielle sont depuis longtemps intimement unis.

L'Allemagne aurait alors formé une masse compacte, de la mer du Nord, du Rhin et des Alpes jusqu'à la Vistule, ainsi que de la Baltique à la Méditerranée.

Cette situation est en train de changer.

La Serbie est revenue à la Russie.

Le Monténégro lui est toujours resté fidèle.

En cas de guerre, ces deux états, en réunissant leurs armées et en encadrant les populations de la Bosnie, de l'Herzégovine, de la Croatie et de la Dalmatie, qui ne manqueraient pas de se soulever, ces deux états opéreront au sud de l'Autriche une puissante diversion, que la flotte française ne manquera probablement pas de seconder.

L'armée serbe pourra en outre prêter son appui aux patriotes bulgares soulevés contre le gouvernement de Cobourg.

L'Allemagne sera alors attaquée de tous les côtés, à l'ouest par la France, au nord par le Danemark, à l'est par la Russie, au sud par les Slaves des Balkans. Au centre même de son empire, sur l'Elbe, les Tchèques s'armeraient pour la cause de la grande patrie slave.

L'Allemagne, aujourd'hui encore si arrogante, sera alors réduite à l'état de puissante de deuxième ordre.

Le Danemark s'étendra jusqu'aux portes de Hambourg. L'Allemagne sera circonscrite entre ses deux mers, le Rhin, les Alpes, les monts de Bohème et l'Oder.

Ses colonies seront jetées en pâture à l'avide Angleterre, pour lui faire accepter les agrandissements franco-russes. Il n'est pas besoin de dire que la France reprendra la Belgique, le Luxembourg, et la partie de la Hollande, situés de ce côté du Rhin, qui ne sont que des parties de l'ancienne Gaule, réunies par la Révolution, sur la demande des populations, arrachées à la France par la haine allemande et la jalousie anglaise.

L'Allemagne ne sera plus qu'un état-tampon, entre la France et la Russie, destiné à amortir le choc des deux puissantes nations.

Telle est la réalité de demain.

Nantes, le 5 septembre 1891.

Victor Hugo a le génie de l'Insondable. Il a condensé l'humanité dans son œuvre.

Bossuet n'a que deux ou trois idées qu'il développe majestueusement.

Voltaire n'en a pas.

Victor Hugo les a toutes comprises, exprimées, jetées à la face du monde.

Nantes, le 6 septembre 1891.

L'ingratitude est dans le sang des peuples.

Personne en France n'a songé à rendre un dernier hommage à M. Laboulaye, arrivé au terme de sa carrière diplomatique.

Cependant, l'alliance franco-russe est son œuvre.

A son arrivée à Saint-Pétersbourg, il avait trouvé le Tsar plus que froid à notre égard. Le brusque rappel du général Appert avait froissé ce souverain; grâce à M. Laboulaye, bientôt la froideur fit place à la cordialité, puis à l'intimité, et enfin plus tard à l'alliance des deux nations.

Les intrigues allemandes, les préventions du Tsar et de son entourage à l'égard de la République, M. Laboulaye sut tout dissiper.

La fraternisation de Cronstadt, qui surprit l'Europe comme un coup de foudre, trouva le terrain préparé par lui. Salut au diplomate qui fit du grand rêve la réalité!

La Patrie, ingrate, semble l'oublier. Qu'importe?

L'Alsace délivrée le comptera au nombre de ses libérateurs.

Nantes, le 7 septembre 1891.

Les résultats de l'alliance franco-russe commencent à apparaître nettement.

L'édifice de la puissance allemande en Europe est en train de se disloquer. Voici la Porte qui se tourne vers les deux puissants alliés.

Depuis la guerre de 1877, et surtout depuis l'occupation de la Tunisie par la France, la Turquie s'était complètement jetée dans les bras de l'Allemagne et de l'Autriche.

Des officiers allemands furent alors chargés du soin de réorganiser l'armée ottomane, sous la direction du fameux Von der Goltz, si connu par son ouvrage sur la guerre de 1870.

Les officiers français, si nombreux dans l'armée turque, furent successivement éliminés. Presque tous les emplois publics furent donnés à des Allemands. L'armement fut également fourni par ces derniers, qui cédèrent avantageusement à la Turquie les fusils Mauser à répétition à grand calibre, dont le remplacement s'était imposé à la suite de la distribution du fusil Lebel à nos soldats.

Les Allemands fournirent également à la Porte des canons Krupp.

Ce furent aussi des sujets de Guillaume qui obtinrent presque toutes les concessions de chemins de fer, dans l'Asie-Mineure.

La ligne ferrée de Salonique fut cédée à une compagnie autrichienne.

L'Autriche-Hongrie, paravent qui cachait l'Allemagne, l'Autriche-Hongrie devenait ainsi en réalité la maîtresse de Salonique qu'elle tenait commercialement par la ligne ferrée unissant à l'Europe ce port qu'elle dominait déjà stratégiquement par l'occupation de la Bosnie.

La visite que l'empereur Guillaume II fit au Sultan, en 1888, à Constantinople, fut la démonstration solennelle de la toute-puissance allemande.

L'alliance franco-russe est en train de modifier complètement cette situation.

La Turquie se retourne, sentant de quel côté se trouve la véritable force.

La voici qui commence à entr'ouvrir timidement les Dardanelles aux vaisseaux de la Russie. Elle ne tardera pas à les ouvrir complètement.

Du reste, actuellement déjà, sous prétexte d'envois de soldats ou de forçats à Vladivostock, la Russie peut lancer dans la Méditerranée autant de vaisseaux de guerre qu'il lui plaît.

Le résultat est heureux pour la France.

Sa flotte pourra ainsi se joindre à l'escadre russe de la mer Noire, pour écraser dans la Méditerranée les flottes italienne et autrichienne et au besoin la flotte anglaise.

La force de la France dans la Méditerranée est doublée du seul fait de l'ouverture des Dardanelles à la Russie.

Ce qui accentue encore l'évolution de la Turquie, c'est le brusque renvoi de Kiamil pacha, coïncidant avec la convention russo-turque sur les Dardanelles.

L'ex-ministre était, à Constantinople, l'âme damnée de la Triplice.

Dans les conditions où il s'est accompli, son renvoi est significatif.

Les conséquences ne tarderont pas à se manifester en Bulgarie et en Égypte, ailleurs encore, sur le Rhin par exemple.

5

Nantes, le 8 septembre 1891.

Rouvier, ex-souteneur, ministre des Finances du gouvernement opportuniste, a commencé par ramasser le pain de la prostitution impériale, avant de manger au ratelier gouvernemental de la République ferryste.

A promené son insignifiance dans diverses combinaisons ministérielles.

Était naturellement désigné par les hontes de son passé pour présider le cabinet opportuno-prussien, formé sur l'injonction de Bismarck, pour chasser du ministère le général Boulanger, dont l'ardeur patriotique menaçait l'Allemagne.

Rochefort, écho de la conscience nationale, flétrit cette combinaison du nom de « Ministère allemand ».

L'Histoire ratifiera ce jugement qui sera pour Rouvier l'éternelle tache.

Grévy entraîna cette honte dans sa chute.

Rouvier a reparu depuis cette époque, comme acolyte de Constans, dans l'œuvre de calomnie, dé fraude et de violence, qui engendra les élections frelatées de 1889.

Plus vil que Constans, plus répugnant que Ferry, Rouvier n'a jamais été une personnalité.

Dans le ministère qu'il présidait, l'homme d'État souteneur n'était que le masque de Bismarck.

Actuellement, Rouvier n'est qu'un des complices de Constans.

Il tombera quelque jour, avec lui, sous la révolte de la conscience publique.

La haine ne saurait l'atteindre.

Il restera toujours au-dessous d'elle.

Il relève du mépris public.

Nantes, le 9 septembre 1891.

Il faut espérer que l'alliance franco-russe donnera au Gouvernement le courage de parler à l'étranger le langage de la France. Même si elle n'avait que cet unique résultat, elle serait déjà féconde. Elle réaliserait certainement une partie des espérances françaises, si elle fermait l'ère des échecs et des reculades diplomatiques, qui, dans ces dernières années, ont presque uniquement constitué l'histoire extérieure de la France.

Il semble que cet espoir ne soit pas absolument chimérique.

Il y a un an, encore, le Gouvernement français n'eût jamais osé réunir dans les plaines de la Champagne des forces aussi importantes que celles qui y manœuvrent en ce moment.

On l'a bien vu en 1887, alors que la guerre semblait imminente,

Le gouvernement allemand appela sous les drapeaux, en Alsace, un grand nombre de réservistes, sous prétexte de leur apprendre le maniement du nouveau fusil à répétition, en réalité pour préparer une invasion.

Le Gouvernement français, malgré la présence du général Boulanger parmi ses membres, n'osa ni réclamer, ni renforcer la frontière, qu'il laissa ouverte à l'invasion.

Le légitime souci de ne pas engager prématurément la France dans une lutte contre l'Allemagne, dégénérait en criminelle faiblesse.

L'activité du général Boulanger, le soin qu'il avait eu de munir l'artillerie d'un explosif sans rival, la mélinite, l'infanterie du fusil Lebel et de la poudre sans fumée, cette activité et cet armement supérieur, joints à l'attitude de la Russie et au patriotisme de la France, confiante dans le jeune général en qui elle pressentait Hoche et Kléber, sauvèrent alors la Patrie d'une terrible invasion.

Aujourd'hui, le Gouvernement français peut compter presque sans réserves sur l'appui de la Russie. C'est à lui d'en user pour savoir préserver le prestige et les intérêts de la France.

Nantes, le 10 septembre 1891.

En 1870, les généraux ont fait de la politique, les hommes politiques de la stratégie.

**

La politique n'a guère été pour Jules Grévy qu'une forme lucrative du Barreau.

Il a été avocat politique, comme d'autres sont avocats d'affaires ou de cour d'assises.

Ce n'était certes pas l'amour des principes qui le guidait. Républicain, il n'a pas hésité à accepter la présidence d'une assemblée réactionnaire, qui conspirait contre la République.

Sa conduite en 1870 n'a pas été moins louche. Sous le prétexte de réunir une assemblée nationale, il a fait, après le 4 Septembre, une vigoureuse opposition à Gambetta qui essayait de sauver la France. Des élections dans un pays à moitié envahi, où toute la nation était à l'armée, quand la France était divisée en plusieurs partis hostiles !...

Cela donne la mesure du patriotisme de Jules Grévy. Du reste, les contemporains sont depuis longtemps édifiés sur le compte du complice de Wilson, dont le dernier acte politique important a été d'enlever le commandement de l'armée au général Boulanger, pour complaire à l'Allemagne.

Nantes, le 11 septembre 1891.

Le Droit est l'avenir du monde.

Nantes, le 12 septembre 1891.

Depuis la mort de l'empereur Guillaume, l'Allemagne n'a subi aucune défaite.

C'est à peine si elle a essuyé qaelques échecs diplomatiques, et cependant sa situation est beaucoup moins forte. Le puissant empire n'a fait que décliner.

Le mouvement continuera jusqu'à la chute complète.

Ce sera la revanche finale du Droit, qu'on peut méconnaître, mais qui triomphe toujours.

Nantes, le 13 septembre 1891.

L'Espérance est l'aurore de l'Avenir.

Nantes, le 14 septembre 1891.

L'Avenir se lève radieux, vengeur.

Nantes, le 15 septembre 1891.

L'occupation de l'île de Sigri, par l'Angleterre, est la réponse de cette puissance à la dernière convention russo-turque, et à la chute de Kiamil pacha.

La Grande-Bretagne, voyant la Porte disposée à ouvrir les Dardanelles aux vaisseaux russes, prend ses précautions.

Elle tient à avoir dans l'extrême Méditerranée une station qui serve, le cas échéant, de base et de dépôt de charbon à ses vaisseaux, afin de tenir en échec la flotte russe.

Reste à savoir si la France, la Russie et la Turquie accepteront un fait qui semble constituer une violation des droits de la Sublime-Porte.

L'île de Sigri, en effet, voisine de celle de Mételin, l'antique Lesbos, constitue une dépendance de l'Empire Ottoman.

Du reste, quelle que soit l'issue de la question si inopinément soulevée par l'avidité britannique, l'occupation de l'île de Sigri, amenée par l'évolution de la Turquie vers l'alliance franco-russe, pourrait bien avoir pour résultat d'éloigner encore davantage la Porte de l'Angleterre et de la Triplice.

Du reste, c'est la loi, toujours l'effet réagit sur la cause.

*
* *

. La popularité est la menue monnaie de la gloire ou... de la honte.

Nantes, le 16 septembre 1891.

L'homme est la proie de l'immense douleur ; en vain veut-il rejeter le lourd fardeau, toujours la tristesse s'abat implacable sur son âme.

* *
*

Jules Ferry n'a pas pris la parole sur la tombe de Jules Grévy, ainsi que le bruit en avait couru un moment.

Cela est étonnant.

Depuis quelque temps, l'homme néfaste nous avait habitués à moins de discrétion.

A la dernière session du Conseil général des Vosges, l'agent de Bismarck avait osé, dans un discours, féliciter le Gouvernement de l'alliance russe, dont la réalisation était cependant la négation du programme ferryste.

Pour une fois, le Tonkinois a eu conscience de l'immense réprobation qui pèse sur lui.

Ce n'est pas son habitude. Ministre, Jules Ferry a été l'homme de toutes les hontes ; après sa chute du pouvoir, il a été l'homme de tous les cynismes.

* *
*

La Démocratie est anonyme, l'impersonnalité est son essence.

Les individualités les plus grandes surnagent à peine au-dessus du flot populaire.

Sa colère ou son caprice les brise en un instant.

5.

Nantes, le 17 septembre 1891.

Personne n'a pu dégager l'immense inconnue de l'Avenir.

* *

L'homme est une Volonté servie par l'Intelligence, desservie par les sens.

Nantes, le 18 septembre 1891.

L'incident de Sigri ne peut s'expliquer que de deux façons : ou bien les Anglais voulaient simplement faire des manœuvres de débarquement, ou ils essayaient de prendre furtivement possession d'un point stratégique important à l'entrée des Dardanelles.

Dans tous les cas, l'incident est suggestif.

Si la seconde hypothèse est la vraie, on doit en conclure que l'Angleterre ne tient aucun compte du droit des gens, ce qui, du reste, ne ferait que confirmer une opinion déjà ancienne, et souvent justifiée par les faits.

La première explication, plus anodine en apparence, serait tout au moins la preuve d'un sans-gêne « absolument britannique ».

En tout cas, le territoire ottoman a été violé par les Anglais. Ceux-ci ont ainsi perdu tout droit à se poser, vis-à-vis de la Russie, en défenseurs de l'intégrité de l'empire turc.

Nantes, le 19 septembre 1891.

Sarcey constitue l'alliage confus de la lourdeur germanique et de la pédanterie universitaire.

Je ne sais qui a prétendu que le critique théâtral du *Temps* n'avait réfléchi qu'une fois dans sa vie à l'École normale.

Celui qui a émis cette idée a fait trop d'honneur à Sarcey. Celui-ci n'a jamais pensé.

Son entendement, purement passif, a emmagasiné les idées que lui a inculquées l'Université.

Sa plume les reproduit plus fausses et plus étroites encore.

Ainsi ces miroirs qui reçoivent les rayons lumineux et les renvoient réfractés.

Le critique théâtral du *Temps* est pédant et manque de goût ; de même, le journal où il écrit affecte

des allures sérieuses, qui déguisent mal son ignorance.

La Rédaction du *Temps* a mis quarante-huit heures
pour découvrir Sigri sur une carte.

Tel est l'homme et sa feuille.

Tel est, en particulier, le pontife théâtral du
Temps.

Lourdeur, ignorance et bêtise réunies.

C'est un hippopotame esthétique.

Nantes, le 20 septembre 1891.

Les wagnériens ont le triomphe trop facile.

Lohengrin n'a pas encore affronté l'épreuve de la
représentation publique.

Les deux premières de cet opéra, jouées devant
un public d'abonnés et de détenteurs de cartes, soi-
gneusement triés sur le volet, avaient un caractère
tout à fait privé.

On était là entre mélomanes et wagnériens, tous
absolument décidés à applaudir.

Quel accueil fera le public à *Lohengrin*? la question existe toujours.

Quant à la population parisienne, elle a claire-
ment manifesté ses sentiments.

Les deux premières de *Lohengrin* n'ont pu avoir

lieu que sous la protection d'une véritable armée.

L'ordre n'a été maintenu qu'en arrêtant près de quinze cents personnes.

Comme la police, malgré son zèle, ne peut jamais mettre la main que sur la moindre partie des manifestants, on peut évaluer à au moins dix mille le nombre des citoyens qui ont bravé les charges de cavalerie et les sbires homicides de Constans, pour protester contre le pontife de Bayreuth.

Ce qui est indubitable, c'est l'inconscience patriotique des wagnériens.

Pour acclimater Wagner à Paris, ils ont toujours choisi les moments où le patriotisme était le plus violemment surexcité.

Leur première tentative a eu lieu en 1887, au lendemain du Septennat et des discours aggressifs de Bismarck, quelques jours à peine après l'affaire Schnaebelé, qui avait failli amener une guerre franco-allemande.

Aujourd'hui, c'est après Cronstadt et l'alliance franco-russe, quand les cœurs recommencent à battre à l'espoir de la résurrection française, c'est à cette heure que les wagnériens choisissent un théâtre, subventionné par la Nation, pour y faire l'apothéose de l'art allemand et d'un de nos plus odieux ennemis.

La France pleure son passé et chante son avenir.

Les échos répètent *la Marseillaise* et l'hymne russe entremêlés.

Les wagnériens entonnent les chants de l'Allemagne et adorent ses idoles.

Le Gouvernement se fait leur complice.

La police assomme ceux qui chantent l'Hymne de 92, le chant révolutionnaire, devant lequel le Tsar vient de s'incliner.

On arrête ceux qui crient : Vive la France ! Vive la Russie !

Que ferait donc de plus l'armée allemande, si elle occupait Paris ?

*   *
*

Les décorations envoyées par le Sultan à M. et Mme Ribot, sont la réponse de la Porte à l'occupation de Sigri.

L'Angleterre cherche à intimider la Turquie, pour l'éloigner de la France et de la Russie.

Le Sultan répond en accentuant sa nouvelle politique.

C'en est fait.

Il n'y a plus guère que la Roumanie et la Bulgarie, pour représenter l'influence allemande dans la péninsule balkanique. Il n'est, du reste, pas difficile de prévoir que la Bulgarie, elle aussi, fera bientôt défection.

Les événements de Cronstadt et de Constantinople ne peuvent manquer d'avoir leur contre-coup à Sofia.

***

Sur la tombe de Jules Grévy, M. de Freycinet a dit que le Président défunt avait appris à la France le gouvernement impersonnel.

Cela est vrai. Ce qu'il n'a pas dit, c'est que M. Carnot était en train de défaire cette œuvre.

Par ses voyages, où il affecte des allures de souverain, M. Carnot réveille le monarchisme latent, qui depuis longtemps semblait sommeiller.

A son dernier voyage en « Champagne », il a été accueilli aux cris de : Vive Carnot !

C'est à peine si on a crié : Vive la République !

Seul le chef de l'Etat était acclamé.

De pareils honneurs se comprennent dans une monarchie.

Tous les hommages doivent s'adresser à l'homme qui est censé exercer la souveraineté qui n'appartient qu'à la Nation. En République, le contraire doit se produire. La Nation exerce sa souveraineté. Le chef de l'État n'en est que le délégué suprême.

M. Carnot devrait le comprendre.

Mac-Mahon a été un Monk raté ; Jules Grévy, un magistrat dont la faiblesse n'a pu faire oublier la correction constitutionnelle ; le petit-fils du conventionnel qui vota la mort de Louis XVI ne doit pas se faire le restaurateur des mœurs monarchiques.

*
* *

La guerre inévitable naîtra d'une colère de Guillaume II. Les nerfs d'un malade mettront les nations aux prises et amèneront l'égorgement de millions d'hommes.

La trop forte suppuration d'une oreille causera l'universel massacre.

*
* *

L'influence de Malherbe sur les destinés ultérieures de la littérature française fut plutôt néfaste qu'utile.

En échange de la correction de langage, dont il fut un des plus parfaits modèles, que d'inconvénients offrit sa dictature littéraire !

Il enrichit de quelques belles strophes notre poésie lyrique. Mais il la brisa pour près de deux siècles, en voulant la faire entrer dans le moule de ses idées étroites.

Il mit la littérature à la diète.

Moins de deux cents ans après, la poésie mourait d'inanition sous ce régime sévère.

Nantes, le 21 septembre 1891.

La mer, c'est l'immensité dans l'Infini.

Nantes, le 22 septembre 1891.

L'Avenir est infini, comme Dieu qu'il présage.

Nantes, le 23 septembre 1891.

Jamais, peut-être, l'horizon politique de l'Europe n'a été aussi sombre que dans ce moment.

Partout les symptômes de complication surgissent, impérieux, menaçants.

Toutes les nations ont la main à la garde de l'épée. En France, le souvenir du sanglant affront survit aux vicissitudes politiques et les domine toutes.

Les manœuvres de l'Est, celles des Alpes, la création ininterrompue de nouveaux régiments, présagent la lutte future.

La haine de l'Allemagne et de l'Italie à notre égard se manifeste chaque jour.

Après l'article à la « Brunswick » de la *Gazette de Turin*, le toast d'Erfürt. La jalousie anglaise fait chorus.

Les reptiles de lord Salisbury ne le cèdent en rien à leurs confrères prussiens.

A l'extrémité de l'Europe, les Slaves préparent leurs cœurs et leurs armes.

Au delà des mers, les causes de troubles sont tout aussi vivaces.

L'insolence du gouvernement hova présage une prochaine expédition française à Madagascar.

Pour l'entreprendre, le Gouvernement attend probablement l'organisation définitive de l'armée coloniale, qui sera certainement l'œuvre de la prochaine législature.

Enfin, dans l'Extrême-Orient, la Chine est en complète ébullition.

Les troubles dont ce pays vient d'être le théâtre amèneront probablement une expédition des puissances européennes. C'est l'ère de la guerre qui se lève de nouveau sur l'Europe.

Elle réparera bien des malheurs et effacera bien des hontes.

Nantes, le 24 septembre 1891.

Le grand mal de notre temps, c'est de ne pas savoir haïr.

* *
*

L'abolition des passeports par Guillaume II, n'est qu'un trompe-l'œil.

Cette mesure, qui prévoit du reste de nombreuses exceptions, est largement compensée par les nouvelles formalités de séjour.

Ceux qui iront en Alsace-Lorraine auront à subir les mêmes tracasseries, avec la sécurité en moins.

Sans doute le passeport était une formalité gênante ; il constituait du moins pour celui qui en était porteur une garantie contre le zèle intempestif de certains agents subalternes allemands.

Désormais, il n'en sera plus de même. Les voyageurs en Alsace-Lorraine seront à la merci d'un commissaire de police gallophobe ou en quête d'avancement.

* *

Lu dans le *Figaro*, la lettre de Jean Moréas, sur la nouvelle école littéraire, dite École romane.

Cette école n'a aucun avenir, parce que sa pensée maîtresse est une erreur ethnique et historique. Quelle est, en effet l'idée de Jean Moréas? La voici:

« La France est une nation gréco-latine.

« Nous sommes les fils intellectuels de l'ancienne Rome : nous en sommes même les descendants par suite des siècles de conquête romaine qui ont pesé sur notre pays. »

Rien n'est plus faux. La France n'est pas une nation latine; ce n'est pas non plus, malgré l'invasion des Francs, qui ont donné leur nom à notre pays, une nation germanique.

La France est une nation celtique : la France, c'est la Gaule.

Les invasions ont passé sur elle sans la flétrir.

Le caractère français est toujours le caractère gaulois décrit par César.

Les colons de Rome comme les guerriers germains se sont fondus dans la nation gauloise.

Ceux qui invoquent la prétendue latinité de la France ne font donc qu'insulter aux antiques malheurs de la Patrie vaincue, mais non abattue, démembrée, conquise, mais ressuscitée.

La littérature française n'a que faire de s'affubler d'oripeaux pseudo-antiques.

Qu'elle plonge plus profondément dans les entrailles de la France.

Qu'elle se fasse l'écho des douleurs de la Patrie vaincue, de ses gloires, de ses espérances; qu'elle soit elle-même son foyer, son inspiratrice et son guide. Qu'elle reconstruise les consciences françaises, qu'elle refasse l'âme de la Patrie.

*
* *

La France a l'arme au pied.

Malheur à qui provoquera la « Grande Ressuscitée »:

Nos bras ont forgé nos armes;

Le malheur, le devoir, ont forgé nos cœurs.

92 nous domine, et nous inspire du souvenir de sa gloire.

L'Europe tremblera encore devant nos bataillons.

Allemands, digérez en paix vos succès;

Évitez la guerre; en un instant nos armées balaieraient vos gloires honteuses d'un jour.

Nantes, le 25 septembre 1891.

L'Avenir est insondable comme l'abîme.

*
* *

L'Armée est l'école militaire de la France, l'institut civique de la Patrie.

Paris, le 1er octobre 1891.

Deux hommes ont relevé l'âme effondrée de la France :

Gambetta et Boulanger.

Tous deux sont morts sans pouvoir réaliser leur rêve.

Tous deux sont tombés victimes de la haine des sous-parlementaires.

· Boulanger ! dans ton exil, tu portais l'âme de la Patrie.

Ceux qui ont méconnu ton rêve, bavent sur ta tombe. Qu'importe ! Ta gloire immortelle planera sur leur éternel oubli.

Paris, le 3 octobre 1891.

La tombe s'est refermée sur Boulanger.

Le général patriote est mort comme les vaincus de Prairial, mort sur les ruines de la République républicaine.

Paris, le 4 octobre 1891.

Quelques-uns reprochent au général Boulanger d'avoir sacrifié, sur la tombe de l'amitié, une vie qu'il n'a pas risquée à l'assaut de l'Élysée.

C'est le plus bel éloge qu'on puisse faire du Général.

En 1887, trois fois en moins d'un an, le héros pouvait prendre le pouvoir.

Dans les derniers jours du ministère Goblet, Boulanger, chef de l'armée, idole de la population, pouvait refaire Brumaire.

Toutes les excitations échouèrent au seuil de sa conscience républicaine.

Le héros ne voulut pas mettre son épée dans la balance des lois.

Même conduite dans l'affaire de la Gare de Lyon.

En face d'une population enthousiaste, qui voulait le retenir, Boulanger, calme, ne songea qu'à se dérober à sa popularité.

On l'a rendu responsable de ce tumulte qui retarda son départ.

C'est une calomnie ; Boulanger a été prisonnier de sa gloire. Il lui a échappé, pour aller là où l'appelait le devoir militaire.

A la fin de cette même année, le héros resta à l'écart des troubles qui marquèrent la dernière heure de la présidence Grévy.

Il ne voulut pas que son épée populaire dénouât le nœud gordien des difficultés où se débattait la Patrie.

Les républicains garderont l'éternel souvenir du soldat qui refusa le rôle de Bonaparte, pour celui de Washington.

Les patriotes invoqueront toujours la mémoire du brillant Général, que l'espoir franco-slave et la peur allemande baptisèrent : « le Général Revanche ».

Paris, le 1ᵉʳ novembre 1891.

Trois années ont passé comme un rêve.

O France ! trois années de labeur, consacrées à ta défense, à ton relèvement.

L'âme de la Patrie planait sur le soldat.

Elle animait sa foi et dirigeait ses actes.

Le citoyen restera soldat, attendant le jour de l'implacable vengeance.

Ses aînés ont su mourir, il saura vaincre.

FIN

SAINT-DENIS. — IMPRIMERIE H. BOUILLANT, 20, RUE DE PARIS.

GEORGE BASTARD

ARMÉE DE CHALONS

I. **Sanglants Combats**
II. **Un jour de Bataille**
III. **Charges héroïques**
IV. **Défense de Bazeilles**

} ouvrage complet.

Quatre volumes ornés de dessins, de cartes et de plans

Chaque volume se vend séparément

ENVOI FRANCO AU REÇU DE **3** FR. **50** TIMBRES OU MANDAT

Intérêt de roman, fièvre de patriotisme, il y a de tout cela.

Le Figaro

Ce livre est bien vu, vivement conduit, il est tout entier empreint d'un sentiment très juste de patriotisme. Le détail est piquant, l'épisode amusant et les incidents fourmillent.

Le Gaulois.

On trouvera à côté de tout ce qui a été écrit sur ce sujet un grand intérêt au récit de cette journée : la précision, la variété des détails et des anecdotes dont l'auteur a su le parsemer.

Le Matin.

Si M. G. Bastard trouve et suscite des imitateurs, l'historien futur n'aura plus qu'à dégager la leçon qui ressort de tant d'incidents minutieusement décrits, sans qu'il risque d'encourir jamais le reproche d'inexactitude. M. G. Bastard est un écrivain doublé d'un apôtre qui

s'est épris d'une généreuse affection pour cette malheu-
reuse armée de Châlons tant calomniée.

La République française.

Voilà un livre qui sent la poudre !

L'Illustration.

C'est l'histoire des combats par l'histoire des combat-
tants. C'est très intéressant comme effet et d'un procédé
qui n'est pas vulgaire. On conçoit quel intérêt cette forme
d'exposition donne au livre et combien cela le rend
vivant.

La Revue Bleue.

Rien de plus réconfortant, rien qui vous mette plus de
rage au cœur et aussi vous donne plus d'espérance que
cette lecture attachante et sombre.

La France.

Depuis plusieurs années un écrivain militaire conscien-
cieux, M. G. Bastard, s'est attaché à retracer la minu-
tieuse histoire de l'armée de Châlons. Il interroge les uns
et les autres ; il ne s'en rapporte pas toujours aux pièces
officielles ; il n'hésite pas à faire un voyage qui lui per-
met une conversation avec un survivant de ces combats ;
il recueille les souvenirs des paysans ; bref, il se livre à
une enquête poussée à fond qui est fort émouvante par
la saveur de vérité des détails, par la notion exacte des
plus petits épisodes.

Le XIXᵉ Siècle.

Sans phrases, par le simple énoncé des faits, par la ri-
goureuse exactitude du détail technique, par le minutieux
exposé du mouvement des troupes, aussi bien que par le
tableau de l'ensemble des opérations militaires, M. G.
Bastard a composé une suite d'ouvrages qui, réunis, for-
meront ce que l'on peut appeler le livre d'or de l'armée
française en 1870.

La Patrie.

NAPOLÉON BONAPARTE

ŒUVRES LITTÉRAIRES

Publiées par Tancrède MARTEL

4 volumes in-18 jésus. . . . . . . *14 francs*

Le livre de M. Martel est plein d'admiration, d'enthousiasme et de vérité... Il met dans un format maniable le suc même de la correspondance et c'est excellent.

Lettres et Arts, mai-juillet 1888.

Napoléon Ier fut réellement un grand écrivain, historien à la manière de César et Xénophon, portraitiste comme Saint-Simon, orateur comme Périclès, pamphlétaire et satyriste comme Swift, journaliste même aux premières heures de sa vie politique...
Parmi les publications de ce temps, celle-ci marquera certainement comme une des plus curieuses.

Gaulois, 27 juillet 1888.

Bonaparte s'y montre écrivain de génie. Le fragment sur l'histoire de Corse est un des plus beaux mouvements de notre langue, l'expression d'une âme, déjà effrénée, mais encore pure... Aucun de ces textes n'est inédit, mais on ne les avait pas encore tous réunis en un recueil et il n'est certainement pas, dans la génération actuelle, dix personnes qui les aient lus.

Justice, 26 novembre 1887.

6.

SOUVENIRS

illustrés par l'auteur

ENFANCE — VOYAGES — GUERRES

Par Vassili VERESCHAGIN

2e *édition.* — *1 volume in-18*, *broché* 3 fr. 50

L'éditeur Savine continue la série de ses publications russes par les *Souvenirs* du peintre Vassili Vereschagin. L'auteur, qui a plus souvent tenu le pinceau et le fusil que la plume, s'excuse presque de ne donner au public que des croquis et des études. — Cela rentre dans l'esprit de l'art, et il veut laisser le lecteur compléter par les souvenirs de sa récente exposition les impressions qu'il a fixées.

Ce livre sera lu par tous ceux qui aiment l'observation sincère et la simplicité du rendu. L'attention sera surtout attirée par les chapitres sur Tourguéneff, objet de polémiques récentes, sur la guerre russo-turque et sur Skobeleff.

Ces esquisses de mœurs militaires plairont. La manière d'être intime de l'armée russe y est largement étudiée, et le caractère slave du général Skobeleff se rapproche trop de celui de certaines personnalités en vue en ce moment pour que le livre n'excite pas une curiosité méritée.

(Pays.)

Le peintre russe Vassili Vereschagin dont les œuvres étaient récemment exposées à Paris, a recueilli ses *Souvenirs* que publie la librairie Savine. Ils seront lus par tous les amis de l'observation sincère et de la simplicité des moyens. Nombre de pages sur Tourguéneff, sur la guerre russo-turque, sur Skobeleff, attirent et retiennent l'attention. Ce sont, pour la plupart, des esquisses de mœurs militaires, des études sur la manière d'être intime de l'armée russe, sur le caractère slave de l'infortuné Skobeleff, toutes choses des plus actuelles et qui, dans les circonstances présentes, sont assurées du succès.

(Soleil.)

Le peintre Vassili Vereschagin ne se contente pas de susciter l'attention des artistes : il veut se faire en France une réputation de conteur. Il publie des relations de voyage, des *souvenirs*; illustrés par son crayon qui paraissent mériter plus que l'attention. La franchise, la simplicité du narrateur plaisent tout d'abord ; ses observations sur les mœurs militaires de la Russie, les chapitres sur Tourguéneff, sur Skobeleff, sont des plus instructifs.

Les illustrations dues à l'auteur serviront à populariser les faits racontés et aideront au succès du livre.

(Le Rappel.)

BARON A. DU CASSE

SOUVENIRS D'UN AIDE DE CAMP
DU ROI JÉROME

Un volume in-18 jésus : **3 fr. 50**

C'est sans doute un aimable vieillard que le baron du Casse, mais qu'il a de terribles souvenirs ! Il les conte dans un volume qui mérite par sa verdeur et la franchise du texte de prendre place à coté de ceux de M. de Viel-Castel. C'est plus honnête et ce n'est pas moins drôle.

Paris, 21 octobre 1890.

Ecrit avec verve, ce volume fait revivre avec agrément et sans méchanceté un coin de ce monde impérial où le laisser aller des aventuriers se mêlait si singulièrement avec la morgue des parvenus et l'étiquette obligée des cours.

Revue historique, janvier 1890.

Les lecteurs que n'effaroucheront pas les mots crus du prince Napoléon trouveront en ce livre ample matière à papotages sous le manteau. Tudieu ! il n'est pas bon d'avoir pour aide de camp un chef d'escadron bavard et qui écrit.

Art et Critique, 22 novembre 1890.

Ces souvenirs sont piquants, bourrés d'anecdotes et semés d'indiscrétions où, sans sortir de la réserve qui convient, l'auteur dit assez vertement leur fait à quelques-uns de ceux qu'il a pu voir de près.

Livre, 10 novembre 1890.

Ils sont amusants ces souvenirs. Le baron du Casse a la mémoire plus longue que tendre.

Liberté, 25 octobre 1890.

CHEZ LES BULGARES

Par Léon HUGONNET

2e Édition. — 1 volume in-18 jésus, broché, **3 fr. 50.**

———

Il est difficile de trouver un ouvrage plus intéressant, d'une lecture à la fois plus facile et plus attachante que le dernier volume de notre confrère M. Léon Hugonnet, *Chez les Bulgares.*

Ce sont des aventures de voyages simplement racontées qui nous font vivre véritablement dans le pays que l'auteur a traversé ; ce sont les mœurs du pays, les coutumes des habitants très finement observées.

A la suite de M Hugonnet, nous visitons Belgrade, Semlin, Sofia, nous pénétrons au milieu des armées bulgares, nous poussons jusqu'à Smyrne, Syra, tout cela au milieu de charmantes descriptions, d'anecdotes habilement contées, de détails de la vie de chaque jour qui sont en vérité pleins d'attraits.

Nous pouvons prédire un succès à ce livre.

(Paris.)

Aujourd'hui paraît un nouveau volume de notre collaborateur *Léon Hugonnet.* Il est intitulé : Chez les Bulgares. La gravité de la situation dans les Balkans et l'attitude menaçante des trois empires donnent **une grande actualité** à cette intéressante publication.

(France.)

Chez les Bulgares, de notre confrère et ami Léon Hugonnet, un intéressant volume observé de près et qui contient des aperçus nouveaux et intéressants sur cette partie de l'Europe toujours inquiétante et toujours peu connue.

(L'Echo de Paris.)

La question Bulgare menace toujours de mettre le feu à l'Europe. C'est ce qui donne une grande actualité à un ouvrage très intéressant, intitulé : *Chez les Bulgares,* que M. Léon Hugonnet vient de publier.

Notre confrère connaît mieux que personne les peuples de l'Orient. Il a fait de nombreux voyages parmi eux et il leur a consacré plusieurs volumes. Ecrivain impartial et sans préjugés, ses descriptions sont d'une exactitude absolue et ses jugements d'une logique irréfutable.

Ce livre contient, en outre, à propos de la dernière guerre serbo-bulgare, des observations utiles, dont sauront profiter tous ceux qui, en France, se préoccupent de la défense nationale.

(Voltaire, Petit National, XIXᵉ Siècle, Radical.) ******

L'ESPAGNE TELLE QU'ELLE EST

par V. ALMIRALL

2e édition. — 1 volume in-18 jésus, broché, **3 fr. 50**

L'auteur de ce livre est un Catalan et un séparatiste, ou, pour parler plus exactement, un régionaliste. N'appartenant à aucun des partis qui divisent l'Espagne, il a la prétention de la dépeindre telle qu'elle est en réalité, dans sa décrépitude, et il justifie cette prétention. Les amateurs de poésie, qui ne voient l'Espagne qu'à travers la description des voyageurs se copiant les uns les autres, seront déçus à la lecture du livre de M. Almirall. Ils n'y trouveront ni les moines, ni les Figaros, ni les manolas traditionnels. Mais les hommes qui pensent rencontreront là les résultats sérieux d'une observation sincère et connaîtront l'Espagne réelle, c'est-à-dire un pays grand par son histoire et ses ressources, qui ne demande qu'à se relever de l'appauvrissement où l'a jeté son grand effort historique : la découverte et l'Assimilation de l'Amérique.

(Le Matin.)

L'Espagne est le pays le plus attrayant à mes yeux. Il a le pittoresque de la nature, des monuments, avec une race superbe ; seulement il n'a pas encore le gouvernement qui l'unifie, qui aide et achève ses destinées. Mais dans cette agitation perpétuelle qui étonne l'Europe, il va toujours en avant ; il se développe. Philippe II a fait bâtir l'Escurial sur le plan d'un gril de saint Laurent. Il semble que l'Espagne soit ramenée de temps en temps sur ce gril ; elle ne veut pas s'y faire attacher, se débat, et comme elle a l'enthousiasme, l'éloquence, le courage, elle entretient sa foi par des victoires épisodiques qui lui présagent la victoire définitive.

M. Almirall est un Espagnol très indépendant. Dans son livre, l'*Espagne telle qu'elle est*, il ose dire des partis ce qu'un étranger ne peut et n'oserait dire. Il ne faut pas croire que son œuvre soit uniquement politique. Les croquis amusants se mêlent aux citations de la statistique. Ce livre est comme l'Espagne elle-même. Il a une bonne humeur inébranlable tout en constatant des misères.

(Rappel.)

L'auteur ne nous dissimule aucune des faces de la vie espagnole. L'organisation des partis, les luttes électorales, le rôle qu'y jouent bandits et gouverneurs, lui sont autant de motifs de croquis amusants en même temps que pleins d'enseignements. Le livre sera lu et discuté à Madrid comme à Paris.

(National.)

Écrit par un Espagnol, ce livre est un coup d'œil synoptique sur l'Espagne, ses mœurs, ses goûts, son caractère, ses œuvres, son avenir probable.

(Gazette de France.)

COMTE ALEXIS TOLSTOÏ

LA MORT D'IVAN-LE-TERRIBLE

LE TZAR FEDOR IVANOVITCH — LE TZAR BORIS

TROISIÈME ÉDITION : **3** FR. **50**

(*Envoi* franco *contre mandat ou timbres-poste*)

Je sens le besoin de vous prier de ne pas vous laisser décourager par la première partie. Il faut parcourir *La Mort d'Ivan le Terrible*, qui est lourde et embarrassée, lire le *Tsar Fédor* qui est déjà très intéressant et savourer *le Tsar Boris*, qui est un chef-d'œuvre.　　　　(*Le Soleil*, EMILE FAGUET).

Ce qu'on ne peut marquer, c'est la puissance et le souffle énorme de cette œuvre. La lecture seule vous enlève! Que doit être la représentation?

Ce qu'on ne peut rendre, c'est la profondeur avec laquelle sont burinés les trois tsars, la finesse d'observation avec laquelle sont peintes les tsarines, c'est la vie intense et complexe de ces drames, ce qui s'y débat de passions humaines, d'intérêts politiques, de grandeurs et de misères d'âme.

Les querelles orgueilleuses, les divisions et les complots des boyards, les scènes populaires, les émeutes, sont des tableaux d'une intensité étrange. D'admirables figures crèvent la toile. Partout grouille une foule d'évêques, de courtisans, de moujiks, d'espions déguisés, de sbires : c'est l'humanité même.

Il y a dans ce chef-d'œuvre des scènes qui touchent au génie. Mais il faut s'abandonner, ne point craindre l'enthousiasme; à ce prix, les lecteurs de bonne foi goûteront à un genre de beauté forte et originale.

(*Le Parti National*, PAUL MARGUERITTE.)

Cette dramatique trilogie, qui rappelle invinciblement à l'esprit le nom du grand Shakespeare, est assurément l'œuvre maîtresse du comte Tolstoï et le chef-d'œuvre du théâtre russe. On le relira donc avec intérêt dans l'élégante traduction qui vient de paraître.　　　　(*Nouvelle Revue*).

LA RUSSIE

POLITIQUE ET SOCIALE

par Léon Tikhomirov

2ᵉ *édition.* — 1 *volume in-8°,* *broché,* 7 fr. 50

LE MÊME OUVRAGE

1 volume in-18 jésus, *broché,* 3 fr. 50

M. Tikhomirov possède sans contredit toutes les qualités nécessaires pour décrire la situation politique et sociale de la Russie.

(Francfurter Zeitung.)

Une des meilleures descriptions de la Russie que nous connaissions.

(Contemporary Review.)

C'est la première fois que tant de renseignements et de suggestifs rapprochements sont offerts à notre public sous une forme concise et attrayante.

(Le Figaro.)

La question n'avait pas jusqu'ici été traitée avec cette compétence.

www.ingramcontent.com/pod-product-compliance
Lightning Source LLC
Chambersburg PA
CBHW051929280626
47162CB00025B/2196